Les Éditions du Boréal
4447, rue Saint-Denis
Montréal (Québec) H2J 2L2
www.editionsboreal.qc.ca

# Cauchemar à Nagano

*La série « Les Carcajous » est la version française de la série d'origine canadienne-anglaise « The Screech Owls » mettant en vedette une équipe ontarienne de hockey pee-wee. Les noms des personnages et de l'équipe ont été modifiés pour mieux refléter la réalité francophone.*

Roy MacGregor

# Cauchemar à Nagano

*Traduit de l'anglais*
*par Marie-Josée Brière*

Les Carcajous VIII

Boréal

Les Éditions du Boréal remercient le Conseil des Arts du Canada
ainsi que le ministère du Patrimoine canadien et la SODEC
pour leur soutien financier.

Les Éditions du Boréal bénéficient également du Programme
de crédit d'impôt pour l'édition de livres du gouvernement du Québec.

Illustrations : Jean-Paul Eid



Dépôt légal : 1er trimestre 2003
Bibliothèque nationale du Québec

Diffusion au Canada : Dimedia
Distribution et diffusion en Europe : Les Éditions du Seuil

*Données de catalogage avant publication (Canada)*

MacGregor, Roy, 1948-

[Nightmare in Nagano. Français]

Cauchemar à Nagano

(Les Carcajous ; 8)

Traduction de : Nightmare in Nagano.

Pour les jeunes de 10 à 12 ans.

ISBN 2-7646-0230-8

I. Brière, Marie-Josée. II. Titre. III. Titre : Nightmare in Nagano. Français. IV. Collection : MacGregor, Roy, 1948- . Carcajous ; 8.

PS8575.G84N5514 2003 jC813'.54 C2003-940399-8
PS9575.G84N5514 2003
PZ23.M332Ca 2003

# CHAPITRE 1

— Le feu au derrière !

Stéphane Tremblay secoua la tête, découragé. Les Carcajous n'étaient même pas au Japon depuis une heure, et Sim faisait déjà des siennes !

— Vous allez avoir le feu au derrière !

Les Carcajous venaient d'arriver au Village olympique de Nagano, où ils devaient demeurer deux semaines. Après avoir reçu leurs clés, ils avaient été répartis en groupes dans différents petits appartements du vaste complexe qui devait loger toutes les équipes en compétition pour les « Olympiques junior ». Pour cette occasion exceptionnelle — la chance de leur vie, sûrement —, Stéphane partageait un appartement avec Dimitri Yakushev, Lars Johanssen, Normand Saint-Onge, Aimé-Césaire Louverture et, bien sûr, son soi-disant — et peut-être bientôt « ex » — meilleur ami, Jean-Yves Simard.

— Venez voir ! Vous allez avoir le feu au derrière !

Stéphane avait rarement vu Sim aussi excité.

Pendant que le capitaine des Carcajous et ses coéquipiers rangeaient soigneusement leurs vêtements dans le placard ou les commodes, Sim — fidèle à ses bonnes habitudes — s'était contenté d'entrer dans la chambre qu'il devait partager avec Stéphane, d'ouvrir son sac, de le tourner à l'envers, et de laisser ses chemises et ses pantalons tomber en tas à côté de son lit. Et il était parti explorer les lieux.

Il lui avait fallu moins d'une minute pour découvrir que le Japon était le pays du siège de toilettes chauffant.

— Fantastique ! avait-il crié d'une voix triomphale. Enfin un pays qui croit encore à la chaise électrique !

Il ne faisait pas très chaud dans les chambres. L'ascenseur et les escaliers se trouvaient à l'extérieur, et la neige poudreuse tourbillonnait dans les corridors lorsque les Carcajous s'étaient dirigés vers leurs petits appartements. Ceux-ci étaient chauffés, mais demeuraient frais comparativement aux maisons nord-américaines. Il y avait cependant un radiateur dans chaque salle de bains, et les toilettes étaient équipées d'un siège chauffant dont on pouvait ajuster la température à l'aide d'un petit bouton rouge. Sim avait immédiatement réglé le leur au plus chaud.

— C'est nettement mieux que nos bécosses ! s'était-il écrié avant de se dépêcher d'aller régler tous les autres sièges au plus haut avant que les autres découvrent ce petit miracle de la technologie.

Stéphane se contenta de secouer la tête.

Il lui restait encore des bagages à défaire. De plus, après dix-huit heures d'avion suivies de six heures d'autobus depuis Tokyo à travers les montagnes couronnées de neige, il était épuisé. Son propre lit, là-bas à Chicoutimi, n'était certainement pas plus invitant que la couchette qui l'attendait ici, et dont les draps fraîchement repassés avaient été soigneusement repliés.

Stéphane était tellement fatigué que même les cris provenant des autres appartements ne l'empêcheraient pas de se glisser entre les draps pour une petite sieste.

— Tu vas me le payer cher, Sim !

C'était la voix d'Anou. Certainement la seule personne capable de prendre sa revanche sur Sim…

* * *

Les Carcajous étaient arrivés à Nagano par un remarquable concours de circonstances. Plusieurs années auparavant, la ville de Chicoutimi avait été jumelée à celle de Nagano, considérée comme une petite ville d'après les standards japonais, même si elle était en réalité beaucoup plus populeuse. Mais le jumelage était populaire à l'époque, et des localités de partout au Japon étaient entrées en contact avec des villes et des villages d'Amérique du Nord pour organiser des échanges avec eux. Nagano et Chicoutimi étaient toutes deux des centres régionaux. Toutes deux avaient de longs hivers enneigés et des pistes de ski à proximité. Toutes deux étaient entourées de forêt, mais lorsqu'on s'éloignait un peu, la forêt cédait rapidement la place à la montagne dans le cas de Nagano, tandis qu'elle s'étendait à des kilomètres à la ronde autour de Chicoutimi.

Il y avait déjà eu d'autres échanges entre les deux villes. Des membres du Club Richelieu de Chicoutimi étaient venus à Nagano plusieurs années auparavant, et l'harmonie d'une école secondaire de Nagano s'était rendue à Chicoutimi, où elle avait présenté un magnifique concert à l'hôtel de ville. Mais depuis quelques années, Nagano ayant dû se préparer à accueillir les Olympiques d'hiver, les contacts s'étaient espacés.

Les Jeux étaient terminés depuis quelque temps déjà, et la ville de Nagano avait envoyé une invitation des plus étonnantes. Y aurait-il à Chicoutimi une équipe de hockey intéressée à venir jouer au Big Hat, le stade principal des Jeux Olympiques ? C'est là que Dominik Hasek, de la République tchèque, avait bloqué l'un après l'autre les lancers de cinq joueurs de l'équipe canadienne — Theoren Fleury, Raymond Bourque, Eric Lindros, Joe Nieuwendyk et Brendan Shanahan — au cours d'un extraordinaire tir de barrage qui avait fait perdre le match au Canada. Et c'est là que le brillant gardien de but tchèque avait ensuite éliminé les formidables Russes. En une seule saison,

Hasek avait remporté la médaille d'or aux Olympiques et avait été nommé quatre mois plus tard, pour une deuxième année d'affilée, le joueur le plus utile de la Ligue nationale de hockey.

Maintenant que les Jeux étaient finis, la ville de Nagano avait décidé de transformer le Big Hat en un immense gymnase. Le grand stade ne servirait plus jamais aux matches de hockey.

Pour marquer en grande pompe ce changement de vocation, le principal responsable du hockey japonais, M. Shoichi « Sho » Fujiwara, avait convaincu la ville de Nagano d'organiser un dernier tournoi dans le stade. Il avait même été autorisé par le Comité international olympique à se servir du symbole olympique officiel et à baptiser ce tournoi exceptionnel « Olympiques junior ». Afin de donner la vedette aux futures étoiles olympiques japonaises — c'est du moins ce qu'espéraient les organisateurs —, les meilleures équipes pee-wee du Japon seraient présentes. On avait aussi invité une équipe de Lake Placid, dans l'État de New York, où les Olympiques d'hiver avaient eu lieu près de 20 ans avant ceux de Nagano, et une équipe canadienne, celle de Chicoutimi.

Les équipes de Lake Placid et de Chicoutimi avaient accepté sans hésiter. Les Carcajous n'étaient pas tous du voyage, évidemment. Germain Lacouture, leur gardien n° 1, n'avait pas pu venir parce que sa famille avait réservé des vacances à Disney World.

Mais sa remplaçante, Anne-Marie Loiselle, était tout à fait à la hauteur. Et, pour une fois, les Carcajous et leurs familles n'avaient pas eu à recueillir à eux seuls tout l'argent nécessaire. Le Club Richelieu avait offert à Kling un nouveau fauteuil roulant et assez d'argent pour couvrir ses frais de voyage comme « entraîneur adjoint » spécial. Le poste de radio local avait aussi fourni des fonds. Le conseil municipal avait accordé à l'équipe une subvention de cinq mille dollars pour le voyage. Et une compagnie aérienne canadienne, autant par esprit civique que pour faire la promotion de ses liaisons avec le Japon, avait offert de transporter gratuitement les joueurs et leurs entraîneurs.

Ce qui semblait au départ impossible financièrement était devenu une certitude la semaine d'après : les Carcajous iraient à Nagano !

Bien sûr, personne n'avait pris ce voyage plus au sérieux que Sim. Il avait annoncé qu'il allait « rentrer chez lui », rappelant à qui voulait l'entendre que son arrière-grand-mère, Mariko Nishikawa, avait quitté le Japon pour épouser un Canadien… plus d'un siècle auparavant ! Sim, qui pourtant ne parlait pas un seul mot de japonais — et qui s'en vantait ! —, s'était tout à coup proclamé grand expert du Pays du Siège de Toilettes Chauffant.

Dans l'avion, il avait été insupportable dès le décollage, et pas seulement parce qu'il avait réussi par deux fois à empester la section dans laquelle les Carcajous essayaient de dormir un peu. Il était tellement excité qu'il ne s'était assoupi que quelques minutes avant l'atterrissage. Et maintenant, alors que tous les autres semblaient plutôt mal réagir au décalage horaire — tout étourdis de l'effort à faire pour convaincre leur organisme qu'il n'avait pas manqué une nuit entière de sommeil —, Sim courait devant tout le monde comme s'il avait absorbé toute l'énergie que les autres avaient perdue.

Il se comportait comme s'il savait tout. Il avait demandé à son grand-père de lui apprendre quelques mots de japonais avant de partir et il criait « *Moshi moshi !* » à tous les gens qu'il croisait.

— Ça veut dire « bonjour », expliqua-t-il à Stéphane, comme à un bébé qui n'aurait jamais entendu ce mot-là de sa vie.

— Et « *arigato* », ça veut dire « merci ».

— Merci, répondit Stéphane, sarcastique.

— *Arigato,* répliqua Sim tout bonnement.

Il avait bien recommandé à tous ses camarades de faire attention à leurs souliers.

— On peut pas entrer dans une maison ou dans un restaurant avec ses souliers, avait-il expliqué. Il faut mettre des pantoufles.

Sim avait raison au sujet des pantoufles… au grand étonnement de certains des Carcajous ! En arrivant à leurs chambres au Village olympique, ils avaient découvert de petites pantoufles bleues qui les attendaient à la porte. Ils les avaient enfilées aussitôt et s'étaient mis à « patiner » dans leurs appartements, en glissant sans effort sur les planchers bien cirés.

Le premier soir, après que Stéphane eut fini sa petite sieste et que Sim eut pratiquement électrocuté tous les occupants de l'immeuble, les Carcajous rejoignirent les autres équipes sous une grande tente qui avait été montée entre les bâtiments et qui leur servirait de lieu de rassemblement, de repas et de détente pour le reste de leur séjour. Le banquet inaugural y avait lieu ce soir-là, en présence du maire de Nagano et d'autres dignitaires de la région venus souhaiter la bienvenue aux équipes du premier — et probablement dernier — Tournoi olympique de hockey junior.

Max Bouchard, l'entraîneur des Carcajous, avait énoncé ses règles. Pantalon sombre, pas de jeans. Chemise blanche et cravate. Manteau de l'équipe.

— Vous êtes ici pour représenter non seulement votre ville, mais votre pays tout entier, avait-il rappelé à ses joueurs.

Ce qui ne cadrait pas tout à fait avec les projets de Sim. Il avait raconté à Aimé-Césaire — et Aimé-Césaire l'avait cru, naturellement — qu'il allait chercher un magasin où il pourrait acheter un paquet de couches pour adultes. Il voulait en effet, comme il l'avait expliqué à Aimé-Césaire, se présenter au banquet déguisé en lutteur de sumo, son ventre rebondi débordant de la couche, et donner des coups de ventre aux joueurs des autres équipes.

— À mon avis, c'est une camisole de force qu'il lui faut, pas une couche, avait fait remarquer Anou.

— T'aurais dû être assise à côté de lui dans l'avion, avait répondu Aimé-Césaire. Il a besoin d'une couche aussi.

Sim ne parlait pas sérieusement, bien sûr. Mais il était effectivement parti explorer les environs et à son retour, une heure plus tard, il en savait encore plus qu'avant sur les mœurs japonaises.

— Le Japon est le pays le plus civilisé au monde, avait-il décrété. S'il y a quelque chose que tu trouves pas dans les machines distributrices, c'est parce que ça existe pas.

Pour le prouver, il entreprit de répandre sur le lit tous les objets qu'il s'était procurés dans des machines distributrices, sortant ses trésors de la poche de son manteau comme un voleur de bijoux entouré de ses complices dans quelque ruelle sombre.

— Des cigarettes, annonça-t-il en laissant tomber deux paquets sur le lit.

— Mais t'es pas assez vieux pour en acheter ! protesta Aimé-Césaire.

Sim haussa les épaules d'un air dédaigneux et sortit quelque chose de son autre poche. Une canette et une petite bouteille.

— De la bière, poursuivit-il. Et du whisky.

— Où as-tu trouvé tout ça ? demanda Aimé-Césaire, presque hystérique.

— Dans les distributrices. Tout le monde peut

s'en servir. Il suffit de mettre des yens et d'appuyer sur un bouton.

— Tu fumes même pas ! souligna Anou, dégoûtée.

— Et puis, tu bois certainement pas d'alcool ! ajouta Aimé-Césaire, de plus en plus inquiet.

— Non, mais regardez bien ce que boit ce bon vieux Sim ! annonça Sim en allant fouiller dans la poche intérieure de son manteau.

Il en retira une longue canette de métal bleu, ornée d'un mot en grosses lettres blanches : « Sueur ».

Après avoir montré à la ronde sa canette de « Sueur », Sim la déboucha en se léchant les babines et en vida la moitié en la tenant haut dans les airs.

Il la déposa avec un rot sonore, puis la présenta à ses amis avec la plus grande amabilité.

— Une gorgée de « Sueur », quelqu'un ?

— Je pense que je vais vomir ! s'écria Aimé-Césaire.

Sim lança la canette à Stéphane, qui l'attrapa juste à temps pour éviter que son contenu ne se répande par terre. Il l'éleva jusqu'à la hauteur de son nez et renifla rapidement. Ça ne sentait certainement pas la sueur. D'ailleurs, Stéphane avait un peu de mal à croire que quelqu'un puisse fabriquer une boisson dont le goût rappellerait l'intérieur d'un sac de hockey ! Il renifla à nouveau. L'odeur était presque sucrée. Il jeta un coup d'œil à ce qui était écrit sur la canette. La majeure partie était en japonais, mais il y avait aussi quelques mots d'anglais et de français : « La boisson Pocari à la sueur délicieuse est hautement recommandée pour les sportifs. »

Stéphane en prit une gorgée : c'était de l'eau pétillante sucrée. Pas mauvais ! Peut-être que le traducteur avait tout simplement confondu les mots « sueur » et « saveur » ?

— C'est pas si mal, dit Stéphane.

— Qu'est-ce que t'en penses ? demanda Sim avec emphase. Est-ce que les Carcajous ont une nouvelle boisson d'équipe ?

— Pourquoi pas ? répondit Stéphane en passant la canette aux autres pour qu'ils puissent goûter eux aussi au liquide frais et sucré.

Sim vivait son heure de gloire. Ses coéquipiers étaient suspendus à ses lèvres. Que ce soit de la frime ou pas, il était véritablement devenu l'expert de l'équipe pour tout ce qui concernait le Japon.

— Max dit qu'il faut faire attention à notre apparence, annonça ensuite Sim. Mais il faut aussi faire attention à notre comportement. Quand on rencontre des gens, ici, on leur serre pas la main, on s'incline, c'est compris ?

Joignant le geste à la parole, il recula d'un pas, les talons joints, et s'inclina bien bas devant Anou, qui se mit à rire et s'inclina à son tour.

— Pas de poignées de main, aboya Sim. On s'incline. Compris ? On s'in-cli-ne.

— Et qu'est-ce qu'on fait quand l'équipe marque

un but ? Est-ce qu'on peut se taper dans les mains ? demanda Aimé-Césaire.

— On fait comme d'habitude, répliqua Sim, sourire en coin. On crie : « C'est beau, Sim ! »

# CHAPITRE 2

« Max va être content », se dit Stéphane en voyant ses coéquipiers rassemblés à l'entrée de la tente pour attendre leur entraîneur. Il s'était coiffé avec un soin particulier, repoussant vers l'arrière la mèche blonde qui lui tombait habituellement sur le front. Il avait l'air plus vieux, plus mûr. L'air d'un vrai capitaine.

Ils étaient tous là. Jean-Louis et Normand, nettement plus grands que les autres. Gratien Vachon, qui réussissait à avoir l'air à la fois d'un petit garçon et d'un adolescent dégingandé. Anou, qui avait attaché ses cheveux blonds en une queue de cheval bien sage. Anne-Marie, dont les flamboyants cheveux roux jetaient des étincelles. Dimitri, qui avait aplati ses cheveux rebelles, et Lars, auréolé d'un duvet tellement pâle et sec qu'on aurait dit que ses cheveux allaient s'envoler dès qu'il se mettrait à marcher. Et Sim, évidemment, coiffé de son éternelle casquette du Canadien.

Max arriva avec M. Blackburn, le gérant de l'équipe, qui poussait Kling dans son nouveau fauteuil roulant. Kling était resplendissant. Ses cheveux noirs étaient coiffés à la perfection, et il avait enfilé son nouveau blazer dont la poche de poitrine s'ornait du logo des Carcajous. Kling avait acquis une dextérité assez extraordinaire avec la main qui lui restait : il pouvait enfiler sa cravate, boutonner sa chemise, attacher ses lacets de souliers… à peu près tout ce que les gens faisaient normalement à deux mains. Kling, toujours aussi maniaque d'électronique, tenait dans sa main valide une minuscule caméra vidéo. Il balayait la scène en s'attardant à chacun de ses coéquipiers pour illustrer la première journée des Carcajous à Nagano.

Max et M. Blackburn avaient tous deux enfilé un costume, mais M. Blackburn, le visage rougeaud et souriant, le crâne chauve luisant, semblait beaucoup plus à l'aise que Max dans ces vêtements endimanchés. Max tirait sans cesse sur son col de chemise et n'arrêtait pas de se gratter les cuisses comme si son pantalon le piquait. Mais, si Max ne se préoccupait guère de sa propre apparence, il semblait satisfait de celle de son équipe. Il se contenta d'enlever à Sim sa casquette du Canadien et de la cacher sous sa veste avant d'annoncer qu'il était temps d'entrer pour le banquet inaugural.

Les Carcajous étaient assis à la même table que les Olympians, l'équipe pee-wee de Lake Placid. Les Olympians avaient de magnifiques survêtements bleu, blanc et rouge, avec au dos le drapeau américain surmontant le symbole olympique et une date : 1980. Les Carcajous savaient que c'était en quelque sorte une date sacrée pour les gens de Lake Placid ; c'était l'année où l'équipe nationale des États-Unis avait remporté la médaille d'or olympique.

Il y avait plus d'une douzaine d'équipes entassées sous la tente. Les deux équipes d'Amérique du Nord, au moins dix du Japon et même deux de la Chine, où l'on commençait tout juste à jouer au hockey.

Un peu timides au début, les joueurs des différentes équipes commencèrent bientôt à se mêler sur l'invitation de leurs entraîneurs et des organisateurs du tournoi. Sim, toujours prêt à se donner en spectacle, s'inclina devant tous les membres des équipes japonaises, qui lui rendirent son salut en riant timidement, les mains devant la bouche. Les Japonais avaient tous leurs propres cartes — versions pour enfants des cartes d'affaires que le père de Stéphane distribuait à l'occasion —, et Sim semblait être le seul joueur nord-américain à en distribuer lui aussi. Il avait apporté surtout des cartes des étoiles de la Ligue nationale, mais aussi quelques cartes personnelles qu'il s'était fabriquées lui-même en se servant de la photocopieuse couleur du centre commercial. Sim remportait un énorme succès, avec ses cheveux noirs et son visage rond qui lui donnaient un petit air japonais, sans oublier sa casquette du Canadien qu'il avait récupérée et que tous les joueurs japonais avaient essayée un par un.

Max et M. Blackburn avaient été invités à la table d'honneur. Sho Fujiwara, reconnaissant en Max un homme de hockey comme lui, avait échangé discrètement les cartes indiquant les places à table pour pouvoir s'asseoir à côté de lui et discuter. Et Max semblait bien s'amuser dans ce pays étranger — et étrange — où son sport servait de langue commune. À un moment donné, Stéphane l'aperçut même en train d'expliquer à Sho une manœuvre de sortie de zone en se servant des verres à eau, de la salière et de la poivrière pour illustrer le plan de match des Carcajous.

Sho ouvrit la cérémonie par un rappel hilarant de sa propre expérience comme gardien de but de l'équipe japonaise lors des Jeux Olympiques d'hiver de 1960 à Squaw Valley, en Californie. D'abord en japonais, puis en anglais, il expliqua à ses jeunes auditeurs ce qu'avaient vécu les membres de la première équipe de hockey à défendre les couleurs du Japon aux Olympiques, avec toute la pression que cela comportait. L'équipe avait traversé le Pacifique en bateau, plutôt qu'en avion, et avait donc eu le temps d'acquérir de nouvelles aptitudes pendant le voyage.

— Nous n'avons pas appris à manier le bâton, avait-il précisé avec un large sourire, mais à manger avec un couteau et une fourchette.

Les rires fusèrent de toutes parts, et les jeunes commencèrent bientôt à se tenir les côtes en entendant la suite de l'histoire. Tous les membres de l'équipe japonaise avaient reçu pour le voyage une chemise et une cravate officielles des Jeux Olympiques, qu'ils avaient portées tous les jours pendant la traversée. Et tous les jours, trois fois par jour, ils avaient dû s'exercer à se passer des baguettes traditionnelles et à manger avec un couteau et une fourchette, dont ils devraient se servir en Amérique du Nord.

— La première chose que nous avons faite quand nous avons débarqué à Vancouver, ajouta Sho, c'est d'aller nous acheter chacun une nouvelle chemise et une nouvelle cravate. Celles que nous avions étaient bonnes pour la poubelle parce que nous y avions renversé trop de nourriture !

Sho présenta ensuite les convives assis à la table d'honneur. À part Max, M. Blackburn et les dirigeants des équipes de Lake Placid et de Chine, il y avait le maire de Nagano, le directeur du Club Richelieu de Chicoutimi, le président de la fédération sportive locale et quelques hommes d'affaires japonais, dont M. Ikura, à qui appartenait la plus grande station de ski des environs et qui invita tous les joueurs présents à venir y passer une journée — « tout à fait gratuitement » — pour faire du ski et de la planche à neige avant la fin du tournoi. Il fut naturellement applaudi à tout rompre.

Après les présentations, on servit le repas. Sim insista pour manger avec ses baguettes. Il les prit avec cérémonie, repoussant d'un geste théâtral le couteau et la fourchette qui avaient aussi été déposés près de son assiette.

— C'est quoi ÇA ? demanda le grand expert du Japon lorsque le premier service fut apporté devant les Carcajous.

— Des sushis, annonça Anou.

— Tu devrais pourtant tout savoir sur les sushis, il me semble, ajouta Anne-Marie.

— Mais c'est quoi ? grogna Sim. On dirait que c'est vivant !

— C'est du poisson, répondit Anou. Du poisson cru.

— Comment ça, du poisson cru ? Tu veux dire qu'ils vont le faire cuire à notre table, comme le steak dans les restaurants ?

— Non, ça se mange cru, dit Anne-Marie.

— Moi, je mange pas ça si c'est pas cuit !

Stéphane regarda les magnifiques assiettes qui défilaient devant lui. Les sushis étaient de véritables œuvres d'art, composées d'une tranche de poisson dressée avec une harmonie parfaite sur un petit cylindre de riz entouré de pousses de légumes verts. Une tranche de poisson parfois très pâle, parfois rouge foncé et parfois — aurait-on dit — avec des tentacules.

— Est-ce que c'est ce que je pense ? demanda-t-il à Anou.

Anou suivit la direction de son doigt.

— C'est de la pieuvre, répondit-elle. Crue.

Anne-Marie, qui semblait en savoir long sur les sushis, prit la relève. Avec une patience de professeur, elle montra un à un tous les sushis déposés sur les assiettes devant eux.

— Ça, c'est de l'anguille.

— Eurrrrkkkk ! fit Sim.

— Du calmar.

— Eurrrrkkkk !

— Des œufs crus.

— Eurrrrkkkk !

— Encore des tentacules de pieuvre...

Mais Sim était déjà parti en courant. La casquette rabattue sur les yeux, il fonçait à toute vitesse vers la porte du fond. Stéphane remarqua que Kling était installé près de la table, dans son fauteuil roulant, et qu'il avait filmé toute la scène. Ce bon vieux Kling ! Les Carcajous voudraient certainement montrer ça un de ces jours !

Stéphane ne put s'empêcher de rire. Il avait déjà vu Sim se comporter de cette façon, quand l'équipe était en visite dans le village cri de Waskaganish et que Sim avait mangé des « narines d'orignal » frites sans s'en rendre compte. Mais Sim avait fini par s'en remettre et s'était finalement décidé à manger — il avait même apprécié ! — du castor, de l'orignal et même des narines d'orignal. Ce serait sûrement la même chose ici, au Japon. Il le fallait bien. Après tout, c'était lui, M. Japon, pendant ce voyage. Et les sushis étaient le mets japonais par excellence.

Stéphane goûta précautionneusement aux sushis. Anou, Anne-Marie et Lars, de leur côté, mangeaient avec appétit. Stéphane commença par le sushi au thon cru. Après tout, il mangeait des sandwiches au thon presque tous les jours à l'école. Ce n'était pas si mal. Il trempa son sushi dans le petit bol de sauce soya et de moutarde verte qu'Anne-Marie lui tendait. C'était encore meilleur. Il essaya ensuite le saumon, qu'il trouva délicieux. Puis il passa à la pieuvre. C'était caoutchouteux, et il en eut un haut-le-cœur — en particulier quand il mordit dans un des tentacules. Il cracha discrètement le reste de sa bouchée dans sa serviette et ne retoucha plus à la pieuvre.

Vers la fin du repas, Sho se leva et présenta le maire, qui devait dire quelques mots de bienvenue aux équipes.

Le maire se leva lentement. Il semblait écouter avec ravissement les applaudissements des joueurs réunis devant lui.

C'était un vieil homme. Mais, même pour un homme de son âge, se dit Stéphane, il bougeait très lentement.

Il tituba légèrement.

Sho, inquiet, lui prit le coude.

Max bondit sur ses pieds et se précipita pour aider le maire. Sa chaise bascula vers l'arrière à grand bruit.

Le maire porta la main à sa gorge, plongea vers l'avant et s'effondra sur son assiette, le visage figé dans une horrible grimace. Les pieds de la table cédèrent sous son poids, et la table tout entière — plateaux de sushis, arrangements floraux, verres d'eau, couteaux, fourchettes et baguettes — alla s'écraser par terre avec lui.

M. Blackburn, qui avait suivi des cours de secourisme, se fraya un chemin vers le maire. Il le retourna sur le dos et dégagea rapidement le col de sa chemise.

Il se pencha, posant l'oreille sur la bouche ouverte et grimaçante du maire.

Il releva aussitôt la tête et regarda Max et Sho Fujiwara, abasourdi.

— Il est mort !

# Chapitre 3

Anou était assise dans le petit salon, le dos voûté, le menton dans les mains, les yeux rougis par le choc et les longues heures difficiles qui s'étaient écoulées depuis le banquet de la veille.

— J'ai jamais vu quelqu'un faire une crise cardiaque, dit-elle.

— Mon grand-père en a déjà fait une, dit Stéphane. Mais il a conduit lui-même sa voiture pour se rendre à l'hôpital. C'était pas du tout comme hier.

— On aurait dit qu'il avait été étranglé.

Dès que M. Blackburn s'était penché sur le maire de Nagano, tout le monde avait su que c'était sans espoir. L'ambulance était arrivée rapidement et avait tout de suite emporté le corps, mais le choc était difficile à digérer.

Pour une fois, même Sim se tenait tranquille. Les sièges de toilettes électriques et la sueur en canette avaient tout à coup perdu une bonne partie de leur attrait. Aucun d'entre eux ne connaissait le maire de Nagano, aucun d'entre eux ne lui avait même été présenté, mais il avait eu la gentillesse de venir leur souhaiter la bienvenue dans sa ville.

Les Carcajous étaient désolés pour le maire et se lamentaient sur leur propre sort quand la porte s'ouvrit. Max entra. Il était habillé beaucoup plus normalement qu'hier, avec son vieux survêtement et sa veste de l'équipe. Mais il n'avait pas son air normal. Il avait le visage gris, terriblement sérieux.

— Ce n'était pas une crise cardiaque, annonça-t-il à ses joueurs.

— C'était quoi ?

C'était Aimé-Césaire, évidemment, qui avait posé la question.

Max prit son temps pour répondre. Stéphane, assis à côté de lui, le vit avaler sa salive plusieurs fois. Un muscle tressaillait sur sa joue.

— La police dit… qu'il a été… empoisonné.

— Empoisonné ? répéta Stéphane, incrédule.

— Mais comment ? demanda Aimé-Césaire. On a tous mangé la même chose.

— Je vous avais bien dit que les sushis, c'était du poison, fit Sim.

— Tais-toi, ordonna Anou.

Ce n'était pas le moment de faire de l'humour.

— On a trouvé des traces de poisson-globe dans son estomac, répondit Max.

— De poisson-globe? demanda encore Aimé-Césaire. C'est quoi ça?

Avant le dîner, tous les Carcajous savaient tout ce qu'il fallait savoir sur le poisson-globe. Ce poisson très laid, appelé *fugu* en japonais, est capable de se gonfler comme un ballon en avalant de l'eau ou de l'air. Les Japonais s'en font un délice, et les chefs doivent suivre une formation de plusieurs années sur la façon de le nettoyer pour éviter que le poison contenu dans certains de ses organes internes ne contamine sa chair. Malgré toutes ces précautions, une centaine de Japonais meurent chaque année d'empoisonnement accidentel.

— Mais ce n'était pas un accident, leur avait dit Max. Il n'y avait pas de poisson-globe au menu. Quelqu'un a dû en déposer délibérément dans l'assiette qui a été servie au maire.

— Qui voudrait faire une chose pareille? avait demandé Aimé-Césaire.

— La police a emmené les deux chefs cuisiniers pour les interroger.

Stéphane réfléchissait à toute vitesse. Pourquoi quelqu'un aurait-il voulu tuer ce gentil vieux monsieur? Il n'en avait aucune idée. Il ne connaissait rien du maire. Il ne savait même pas son nom. Et pourquoi l'assassiner justement pendant le banquet? Devant quelques centaines de joueurs de hockey pee-wee?

Une pensée lui traversa soudainement l'esprit.

« J'ai été témoin d'un meurtre. J'ai vu un être humain se faire tuer par un autre être humain. Et c'est généralement en interrogeant les témoins qu'on arrive à élucider les meurtres. »

« Est-ce que j'ai vu quelque chose ? se demanda Stéphane. Non. »

« Qui est-ce que je soupçonne ? Personne. »

« Qu'est-ce que je sais ? Rien. »

— On ne peut absolument rien y faire, dit Max après que les Carcajous eurent longuement discuté de l'événement. C'est malheureux, et nous sommes tous désolés pour la famille du maire. M. Blackburn va envoyer nos condoléances. Mais l'affaire est maintenant entre les mains de la police. Ça n'a plus rien à voir avec nous, ni avec le tournoi de hockey. La meilleure chose à faire, c'est d'oublier tout ça.

— Est-ce qu'on sait déjà contre qui on va jouer ? demanda Lars.

Max sortit un horaire de sa poche. Il le déplia et regarda les sections qu'il avait déjà soulignées à l'encre rouge.

— On dispute notre premier match jeudi matin contre les Nordiques de Sapporo.

— Les Nordiques ? Non, mais pour qui ils se prennent ? s'écria Sim avec une moue méprisante.

— Est-ce qu'ils sont bons ? demanda Stéphane.

— Je ne sais pas, répondit Max en replaçant son horaire dans la poche de sa veste. C'est pour ça qu'il faut nous entraîner. On y va dans une heure. Allez chercher vos affaires. M. Blackburn et moi avons une petite surprise pour vous.

— Qu'est-ce que c'est ? demanda Aimé-Césaire.

Max sourit.

— Si je te le disais, ce ne serait plus une surprise, pas vrai ?

# Chapitre 4

Stéphane était content de rentrer enfin chez lui. C'est du moins l'impression qu'il avait eue en se retrouvant sur la glace, chaussé de ses patins, vêtu de son équipement de hockey — et baigné dans son odeur particulière —, entouré de ses coéquipiers. Tout était en place, là où il le fallait. Il savait où se trouvait le filet sans même avoir à regarder. Ses épaules se rappelaient le contact de la bande. Et son imagination lui suggérait un millier de façons différentes de marquer des buts.

Il y avait quelque chose d'universel, se disait Stéphane en faisant un premier tour sur la glace du Big Hat, dans la façon dont les patins s'enfoncent pour la première fois dans la surface nouvellement refaite d'une patinoire. Il se trouvait dans le stade même où Dominik Hasek avait offert une des plus belles performances de gardien de but que le monde ait jamais vues. Mais il aurait aussi bien pu être à l'aréna près de chez lui. Avec les Carcajous, il avait joué sur la patinoire olympique de Lake Placid et aussi à l'aréna Globen de Stockholm, où s'étaient disputés les championnats mondiaux, et le bruit que faisaient ses lames de patin sur la glace était le même qu'à Lake Placid ou en Suède — le même aussi, d'ailleurs, que sur le ruisseau gelé où il jouait parfois avec ses amis en bordure de la ville, à Chicoutimi.

Sur ses patins, Stéphane percevait tout son corps différemment. Il se sentait plus gros, grâce à ses protecteurs rembourrés. Plus fort, grâce à son talent de hockeyeur. Plus rapide, parce que son cœur pompait avec tellement d'émotion contenue qu'il avait l'impression non seulement qu'il voulait jouer, mais qu'il le devait absolument. Maintenant qu'il était sur la glace, tout allait bien : Anou s'élançait avec grâce juste devant lui, Sim ahanait derrière lui pendant les sprints, Dimitri tournoyait comme un danseur sur la glace, ses patins effleurant à peine la surface gelée, et Lars glissait longuement, à l'européenne.

Ici, tout allait bien. Ici, les meurtres n'existaient pas.

Même le sifflet de Max était agréable à entendre, comme une musique venant du centre de la patinoire. Stéphane et Anou contournèrent rapidement le filet et se dirigèrent vers leur entraîneur, projetant tous deux une fine éclaboussure de glace en s'arrêtant près de lui. Les autres Carcajous arrivèrent eux aussi en soulevant des gerbes de neige. Max attendit, le sifflet à la bouche, que le dernier d'entre eux — Sim, évidemment — arrive en tournoyant à quatre pattes sur ses gants et ses protège-tibias, le bout de ses patins traçant de drôles de cercles sur la glace derrière lui.

Stéphane s'était précipité automatiquement vers le centre sans même lever les yeux. Il n'avait pas remarqué que Max n'était pas seul.

— Je vous présente M. Imoo, dit Max en désignant le petit homme qui se tenait à ses côtés. C'est un moine bouddhiste, alors montrez-lui un peu de respect. Mais il s'y connaît aussi en hockey japonais.

Les Carcajous regardèrent le petit homme, les yeux écarquillés de surprise. Ça, un moine ? Aucun d'entre eux n'en avait jamais vu de pareil. M. Imoo arborait un large sourire, mais il n'avait pas de dents à l'avant, ni en haut, ni en bas ! Il portait un équipement de hockey, mais ses bas étaient déchirés et son chandail semblait maculé depuis longtemps par une tache de sang séché.

— M. Imoo dirige l'équipe de hockey locale, les Étoiles polaires. Mais il est aussi moine au temple Zenkoji, que vous allez visiter plus tard cette semaine. M. Blackburn l'a rencontré au temple et lui a demandé s'il voulait venir participer à notre séance d'entraînement.

— C'est un grand honneur pour moi, dit M. Imoo en s'inclinant très bas devant les Carcajous.

Sim, qui s'était relevé, s'empressa de s'incliner à son tour, encore plus bas, ce qui fit rire M. Imoo.

— Je vois que vous avez déjà un joueur japonais, dit-il.

— En partie japonais, corrigea Sim.

— Mais complètement fou, ajouta Anou.

— *Moshi moshi,* fit Sim sans prêter attention à Anou.

— *Moshi moshi,* répéta M. Imoo.

— Je pensais que les bouddhistes prêchaient la non-violence, dit Aimé-Césaire.

— Pas les bouddhistes qui jouent au hockey, répondit M. Imoo en souriant. Mais, en fait, il n'y en a qu'un : moi. J'ai perdu mes dents du haut dans le coin, là-bas. Si vous les trouvez, avertissez-moi s'il vous plaît.

Les Carcajous éclatèrent de rire. Ils savaient bien que la Zamboni avait ramassé ses dents depuis longtemps — si toutefois l'histoire était vraie, ce qui était probablement le cas si l'on pouvait se fier à l'allure féroce de M. Imoo dans son équipement de hockey tout usé.

— M. Imoo va vous dévoiler les secrets du hockey japonais, annonça Max.

— Des secrets bouddhistes, ajouta M. Imoo en souriant. Des secrets très particuliers, spécialement pour les Carcajous.

— Écoutez bien ce qu'il dit, indiqua Max. Et souvenez-vous-en demain.

— Le secret du hockey japonais, c'est de lancer, dit M. Imoo.

— C'est pas un secret, fit remarquer Aimé-Césaire. Même Michel Bergeron sait ça.

— Mais au Japon, c'est différent, répliqua M. Imoo. Le hockey japonais est très, très différent du hockey nord-américain.

Après avoir entendu les explications de M. Imoo, Stéphane avait l'impression que le secteur de son cerveau qui contenait ses connaissances sur le hockey avait été envahi par des extraterrestres. Ça n'avait absolument aucun sens, du moins selon les règles habituelles du hockey.

M. Imoo avait expliqué que le Japon était un pays très attaché aux conventions. Les jeunes, par exemple, devaient toujours laisser la place aux plus vieux, au hockey comme ailleurs. Dans son équipe, il y avait les joueurs les plus jeunes, appelés *koohai* — les recrues — et les plus vieux, appelés *sempai.* Les *sempai* étaient rois et maîtres dans le vestiaire. Ils s'assoyaient ensemble, discutaient entre eux et aboyaient des ordres aux jeunes *koohai.*

— Les *koohai* doivent entourer de ruban les bâtons des *sempai,* avait expliqué M. Imoo, aller leur chercher à boire sur demande — et même laver leurs sous-vêtements sales!

— Bonne idée! fit Sim.

Bien sûr, se dit Stéphane. Sim était le joueur le plus âgé de l'équipe!

— Au moins, comme ça, tes sous-vêtements seraient enfin propres, fit remarquer Anou.

Mais Sim n'écoutait pas. Il semblait hypnotisé par M. Imoo. Il s'était approché tout près du moine bouddhiste et buvait toutes ses paroles.

— Au hockey, nous essayons de mettre fin à cette tradition, dit M. Imoo, mais c'est très difficile de changer les vieilles habitudes. Sur la glace, les jeunes *koohai* ne lancent jamais au but. Ils passent toujours la rondelle à un *sempai* pour que lui puisse lancer.

— Bonne idée, approuva Sim.

M. Imoo sourit.

— Cette pratique a une conséquence majeure au hockey. Les gardiens n'ont qu'à vérifier quel est le plus vieux joueur de l'autre équipe sur la glace et à attendre qu'il reçoive la rondelle. Ils n'ont pas besoin de s'occuper des joueurs plus jeunes.

— Ça, ça me plaît, dit Anne-Marie.

— D'ailleurs, les gardiens ne sont pas très bons au Japon, ajouta M. Imoo. Tout le monde a peur de leur faire mal pendant l'entraînement, alors personne ne tire au but, même pas les *sempai*. Ils ne peuvent donc pas s'améliorer. C'est pourquoi je vous dis que le secret, contre les équipes japonaises, c'est de lancer. Si vous lancez, vous êtes certains de marquer des buts. C'est simple, hein ?

— Hourra ! s'écria Sim en frappant la glace de son bâton.

Plusieurs autres Carcajous l'imitèrent. M. Imoo avait le sourire fendu jusqu'aux oreilles, ce qui était d'autant plus hilarant qu'on voyait clairement le trou béant laissé par ses dents manquantes.

— Vous devez jouer comme des *samurai.* Ce sont de grands guerriers japonais, qui n'ont peur de rien et qui attaquent tout le temps. D'accord ?

— D'accord ! cria Sim en frappant la glace encore une fois.

Max reprit sa place au centre du rassemblement.

— On va se contenter de jouer un match entre nous pour l'entraînement d'aujourd'hui. Mais je veux beaucoup de lancers, d'accord ? Beaucoup, beaucoup de lancers. Des tirs rapides, des lancers surprises, tous les lancers que vous pourrez faire, c'est compris ?

— T'en fais pas, monsieur l'entraîneur ! fit Sim en donnant un autre bon coup de bâton sur la patinoire.

Max fronça les sourcils. Il n'aimait pas se faire appeler « monsieur l'entraîneur ». Il disait qu'il n'y avait que les joueurs de football américains qui appelaient leur entraîneur « monsieur ». Les entraîneurs de hockey canadiens, disait-il toujours, se faisaient appeler par leur prénom.

— J'ai besoin d'un volontaire pour garder un des buts, dit Max. On a seulement Anne-Marie. Il nous faut quelqu'un d'autre pour le match.

— Y en a un ici même ! s'écria Sim, emporté par l'enthousiasme.

Tous ses coéquipiers se tournèrent en même temps vers lui, abasourdis. Sim, qui s'apprêtait à frapper de nouveau la glace de son bâton, vira rapidement au rouge tomate.

— Pourquoi pas ? demanda-t-il.

— Vous avez dit qu'il fallait lancer, n'est-ce pas ? demanda Anou à M. Imoo.

— Oui, lancer, et lancer encore.

— Fort ?

M. Imoo fit un sourire. Il avait compris le petit jeu qui se jouait entre Anou et Sim.

— Le plus fort possible.

Stéphane se demandait souvent si les autres athlètes adoraient leur sport autant que les joueurs de hockey. Est-ce que les joueurs de baseball aimaient s'entraîner ? Est-ce qu'il arrivait aux Expos ou aux Yankees de disputer des matches improvisés ou de frapper des « chandelles » en attendant de jouer pour vrai ? Ou aux Alouettes de Montréal de jouer un peu au « touch-football » pour se préparer à la coupe Grey ?

Il en doutait. Mais pour les joueurs de hockey, c'était différent. Ils adoraient faire toutes sortes de petits jeux amusants. Le mieux, c'étaient les matches improvisés comme celui d'aujourd'hui. On pouvait essayer toutes les manœuvres et faire toutes les erreurs imaginables sans que cela porte à conséquence, et on ne se donnait même pas la peine de compter les points. Mais il y avait aussi des concours pour voir qui pouvait frapper la barre horizontale, compter le plus de points en échappée, garder la rondelle le plus longtemps, la ramasser sur la patinoire ou la faire rebondir le plus de fois en se servant uniquement de la lame de son bâton, la frapper dans les airs le plus efficacement…

Le trio de Stéphane brillait tout particulièrement pendant les matches improvisés. Anou au centre, Stéphane à l'aile gauche et Dimitri à l'aile droite. Anou la stratège, qui menait l'offensive, Stéphane qui travaillait dans les coins, et le rapide Dimitri, qui finissait le jeu.

Anou fit en sorte qu'ils se retrouvent du côté d'Anne-Marie tandis que Sim, vacillant sur ses épaisses jambières, le visage couvert d'un masque emprunté, se dirigeait péniblement vers l'autre filet. M. Imoo patinait en riant à ses côtés. Ces deux-là semblaient être devenus de bons amis — à moins que M. Imoo, comme tout le monde, ait simplement été amusé par les pitreries de Sim.

Sim, bien entendu, tirait le maximum de la situation. Dans une parfaite imitation de Patrick Roy, il se mit à parler à ses poteaux, les tapotant chacun leur tour comme si c'étaient des chiens de garde postés là pour l'aider. Il s'étendit ensuite sur le dos pour s'étirer à la façon de Dominik Hasek. Il s'aspergea le visage avec la bouteille d'eau, puis fonça vers le coin gauche et frappa de son bâton la baie vitrée avant de retourner devant son but, mettant tout le monde au défi de marquer contre lui.

Jean-Yves Simard, le gardien de but *samurai* !

Max laissa les Carcajous jouer à leur guise. Pas de directives. Pas de coups de sifflet. Il se contenta de les regarder faire pour leur permettre de s'habituer à la grande patinoire. M. Imoo, de son côté, tournoyait sur ses patins et criait aux joueurs de lancer dès qu'ils recevaient la rondelle.

Anou ramassa la rondelle derrière Anne-Marie et remonta comme une flèche au centre de la patinoire, pendant que Dimitri s'éloignait sur sa droite. Dès que Gratien Vachon eut esquissé un geste vers elle, elle lança la rondelle à Dimitri, qui freina sec le long de la bande avant de décocher un tir solide à Stéphane, qui l'attendait de l'autre côté de la patinoire.

Stéphane était prêt à lancer, mais il ne put s'empêcher de faire sa petite passe arrière préférée vers Anou. C'était une manœuvre que Max détestait, mais dont Stéphane raffolait. Quand tout allait bien, c'était brillant. Mais quand la tactique échouait, cela créait généralement une échappée pour l'autre équipe. De toute façon, comme ce n'était pas un match officiel, Stéphane décida d'essayer.

Anou s'y attendait. Elle avait déjà levé son bâton pour faire un tir sur réception. La rondelle arriva exactement au bon endroit et Anou la lança de toutes ses forces, comme si elle voulait la faire entrer dans le corps de Sim pour qu'elle en ressorte par derrière !

Le lancer était haut et sec.

La rondelle rebondit sur la lame du patin de Sim et alla frapper la vitre derrière le filet !

Stéphane entendit trois sons distincts. La rondelle qui heurtait la vitre. Le cri de surprise d'Anou. Et le rire hystérique de Sim.

Il n'avait même pas regardé vers le but. Quand il leva les yeux, il vit Sim étendu sur le dos, la tête relevée, ses grosses jambières croisées nonchalamment et ses patins posés à bonne hauteur sur un des poteaux, pas très loin de la barre horizontale.

— Bel arrêt de Hasek! cria Sim.

Sim continua ses prouesses tout au long du match. Il multiplia les arrêts, assis sur le filet, les jambes pendantes, ou encore couché sur le côté, la tête dans sa main gantée et les jambes en l'air. Il allait se promener hors de sa zone et revenait à toute vitesse chaque fois qu'un des Carcajous lançait vers son filet, en calculant sa glissade à la perfection.

C'était tout à fait inusité, mais efficace.

Stéphane se demandait comment cela pouvait fonctionner aussi bien. Était-ce la chance? Les dieux japonais? Bouddha? Ou simplement Sim qui tentait l'impossible — et qui réussissait? M. Imoo en pleurait de rire.

— Il n'y a personne sur terre qui joue au hockey comme toi! lança-t-il à Sim.

— Il n'y a personne sur terre qui fait quoi que ce soit comme lui, corrigea Anou.

— C'est un vrai *samurai*! décréta M. Imoo.

Max siffla longuement au centre de la patinoire. Les Carcajous s'empressèrent d'aller le rejoindre, Sim arrivant bon dernier comme toujours et s'effondrant sur ses jambières à côté de ses coéquipiers.

— J'ai aimé certaines des choses que j'ai vues, dit Max. Et j'ai vu d'autres choses que je n'ai pas aimées.

Il se tourna vers Sim, qui avait retiré son masque de gardien et lui souriait en clignant des yeux d'un air innocent.

— Les règles du tournoi exigent qu'on ait deux gardiens de but, expliqua Max. Vous venez de vous trouver un poste, monsieur Simard.

Sim cessa de cligner des yeux et les ouvrit tout grands.

Il ouvrit également la bouche toute grande.

Et, pour une fois, il n'en sortit pas un son.

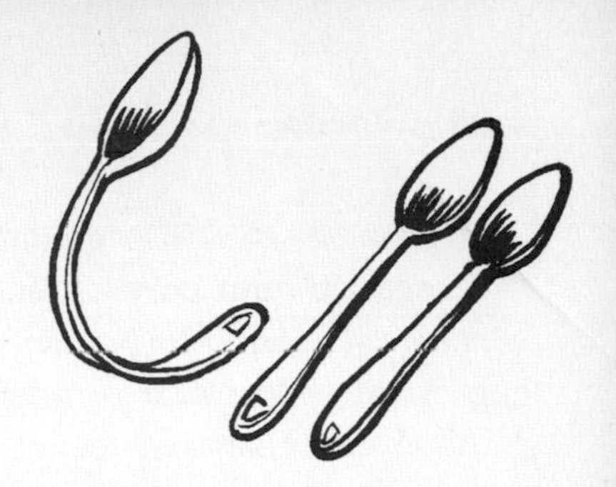

# CHAPITRE 5

Dans la soirée, les Carcajous allèrent faire un tour au centre-ville de Nagano. M. Blackburn en avait eu l'idée — une bien bonne idée, d'ailleurs, puisqu'elle leur permit de penser à autre chose qu'au meurtre.

Kling avait apporté sa caméra vidéo, et M. Blackburn, Stéphane et Anou se relayèrent pour pousser son fauteuil roulant afin qu'il puisse se servir de sa main valide pour filmer ce qui se passait autour d'eux. Ils auraient de beaux souvenirs une fois rentrés à la maison.

Stéphane n'avait jamais rien vu de pareil. Ce qu'il trouvait le plus étonnant, dans cette ville étrangère, ce n'était pas tellement la foule compacte qui l'entourait, ni les voitures, les autobus et les sifflets des policiers aux intersections. C'était surtout la neige poudreuse qui tombait à travers les lumières brillantes, les magasins encore ouverts et le million d'objets à vendre, présentés dans des emballages tellement bizarres que

Stéphane ne savait pas toujours s'ils étaient faits pour manger ou pour porter. C'était un curieux mélange entre le défilé du père Noël, la magie de Disney World, les vitrines du centre commercial, les illuminations des chutes Niagara… et un univers que Stéphane n'aurait même pas pu imaginer.

Sim, naturellement, leur servait de guide… même s'il n'avait jamais mis les pieds lui non plus au centre-ville de Nagano. Mais il avait de toute évidence interrogé son nouvel ami, M. Imoo. Il savait qu'il y avait un McDonald à Central Square. Il savait comment se servir des machines distributrices pour que les Carcajous puissent se procurer de la « Sueur », leur nouvelle boisson d'équipe. Il savait que la région était réputée pour ses pommes, énormes et délicieuses, encore appétissantes en cette fin d'hiver. Il savait aussi que la rue principale s'appelait Chuo, que le plus grand des grands magasins se trouvait sur cette rue et que le temple bouddhiste, où M. Imoo était moine et qu'ils devaient visiter le samedi suivant, était situé tout au bout. Ils l'aperçurent dans le lointain en traversant une des intersections achalandées. On aurait dit un château de conte de fées, dans la neige légère qui tombait et la lueur magique des lumières de la ville.

Mais Sim ne savait pas tout…

— Qu'est-ce qu'ils portent? avait demandé Aimé-Césaire en désignant du doigt quelques-uns des clients qui circulaient dans les magasins.

Stéphane avait déjà croisé d'autres personnes,

dans l'autobus ou dans la rue, qui portaient sur la bouche un curieux masque de gaze blanche attaché par un élastique passé au-dessus des oreilles. Ils ressemblaient à des médecins ou à des infirmières sur le point d'entrer dans la salle d'opération.

M. Blackburn, lui, connaissait la réponse.

— Ce sont des masques protecteurs, répondit-il. Les gens qui ont des problèmes respiratoires en portent pour des raisons de santé, quand le smog est très épais. Dans une ville comme celle-ci, le smog reste emprisonné entre les montagnes. Les masques permettent de se défendre contre la pollution.

— On devrait en acheter pour Sim, suggéra Anou.

Sim, qui n'avait guère prêté attention à la conversation, se retourna.

— Qu'est-ce que ça veut dire, au juste ?

— Penses-y un peu, Pue-le-pet !

Sim ne releva pas l'insulte. Il avait apparemment des choses plus importantes en tête. Depuis que Max l'avait nommé gardien substitut pour le match contre Sapporo, il prenait son nouveau rôle très au sérieux.

— Les grands gardiens de but, avait-il annoncé aux garçons qui partageaient son petit appartement, sont complètement fous. Il faut être excentrique pour se retrouver devant les filets.

Il avait ensuite égrené toute une liste de gardiens de but, comme s'il récapitulait ses leçons pour un examen. Jacques Plante, qui tricotait ses sous-vêtements.

Glenn Hall, qui vomissait avant chaque match et entre les périodes. Patrick Roy, qui parle à ses poteaux et qui insiste pour sauter par-dessus les lignes, sur la patinoire. Les gardiens qui ont des messages secrets peints sur leur masque. Ceux qui se parlent tout seuls du début à la fin de leurs matches comme s'ils ne se contentaient pas de les disputer, mais qu'ils en faisaient aussi la description.

— M. Imoo va m'aider, annonça Sim tout en marchant. Il va travailler avec moi jusqu'à ce que je sois le premier gardien de but de l'histoire à avoir un bouclier intérieur.

— Un quoi ? demanda Stéphane.

— C'est aussi un expert en arts martiaux, pas seulement un moine bouddhiste, expliqua Sim. C'est l'homme le plus extraordinaire que j'aie jamais rencontré. Il est ceinture noire au judo et connaît le taekwondo, et il va m'enseigner comment me faire un « bouclier intérieur » indonésien. C'est un secret asiatique peu connu qui va me donner des pouvoirs surhumains.

— T'as déjà des pouvoirs surhumains, interrompit Anou. Malheureusement, ils sont dans ton derrière.

— Tais-toi, répliqua Sim. Regarde ce que j'ai ici.

Sim déplia une feuille de papier soigneusement pliée.

— C'est l'adresse d'un restaurant où un ami de M. Imoo peut courber des cuillers.

— Qu'est-ce qu'il y a de si difficile là-dedans? demanda Anne-Marie.

— Il y touche pas, c'est ça qui est si difficile.

Le restaurant se trouvait dans une petite rue qui parut assez sordide à Stéphane. Ils s'engagèrent dans un étroit passage qui débouchait sur la rue principale. Ce n'était même pas assez large pour laisser passer une voiture. Stéphane commençait à se sentir vraiment nerveux, quand Sim s'arrêta enfin et montra un bâtiment qui ressemblait à une maison bien ordinaire, quoique plutôt délabrée.

— C'est là.

— Ton M. Imoo s'est moqué de toi, dit Anou.

— Hou! renâcla Sim. Allons-y!

Sim ouvrit la porte et pénétra à l'intérieur. Aimé-Césaire le suivit, puis Normand et les autres. Stéphane dut faire pivoter le fauteuil de Kling pour gravir une petite marche, mais il y parvint facilement.

Effectivement, ils se trouvaient dans un minuscule restaurant. Il y avait à peine assez de place pour les contenir tous.

Une femme souriante apparut derrière la caisse enregistreuse en se tapant dans les mains. De toute évidence, elle les attendait. Elle se mit à parler très vite — en japonais, évidemment — à Sim, qui se contentait de s'incliner vers elle en répétant « *Moshi moshi!* », ce qui ne faisait qu'accentuer le sourire de la femme.

Elle appela quelqu'un dans la cuisine, et un

homme en tablier blanc en sortit, souriant et s'inclinant lui aussi. Sim lui tendit sa feuille de papier. L'homme la prit, hocha la tête en s'essuyant les mains sur son tablier et se mit à rire quand il comprit pourquoi ses jeunes visiteurs étaient là. Il avait des cartes professionnelles pour eux tous. Mais comme elles étaient écrites en japonais, bien sûr, Stéphane n'avait aucune idée de ce qu'elles disaient.

Stéphane n'en revenait pas de l'accueil qu'on leur avait réservé. Chez nous, pensait-il, des jeunes comme Sim, Anou, lui et les autres se faisaient souvent regarder d'un air soupçonneux dès qu'ils entraient sans adultes dans un magasin ou un restaurant. Il arrivait souvent qu'on refuse carrément de les servir. On ne faisait pas attention à eux quand ils faisaient la queue. C'était comme si, à douze ou treize ans à peine, ils venaient de s'évader de prison où ils purgeaient une peine d'emprisonnement à vie pour vol à l'étalage ou vol à main armée.

Mais pas ici, au Japon. On les acceptait sans réserve, on leur faisait entièrement confiance même s'ils n'étaient que des enfants. La femme leur distribua à tous une épinglette des Olympiques. Anou, heureusement, avait apporté un petit écusson des Carcajous qu'elle put lui remettre en retour. Un homme attablé devant un bol de soupe à la seule grande table du restaurant se leva volontiers et se déplaça gentiment pour laisser la place aux Carcajous et au propriétaire du restaurant.

La porte du restaurant s'ouvrit juste à ce moment-là. C'était M. Imoo, son vieux sac de hockey rapiécé sur l'épaule, un bâton dans une main et un énorme pansement encore humide de sang sur le nez.

Sim semblait aux anges de voir son nouveau héros. Il se précipita pour aider M. Imoo à déposer son sac.

— Qu'est-ce qui vous est arrivé? demanda-t-il.

— Beau match ce soir, répondit M. Imoo en souriant.

— Vous avez gagné? demanda Aimé-Césaire.

M. Imoo sourit à nouveau.

— Le match ou la bagarre?

M. Imoo semblait particulièrement satisfait de sa petite blague. Il l'expliqua en japonais aux gens du restaurant, en tapotant à quelques reprises son nez blessé pendant que tout le monde riait de bon cœur. En tout cas, pensa Stéphane, M. Imoo ne ressemblait pas du tout au curé de la paroisse à laquelle appartenait sa famille à Chicoutimi…

La femme apporta une poignée de cuillers.

— Pourquoi est-ce qu'il prend pas des baguettes? demanda Aimé-Césaire.

Sim se tourna vers lui, l'air à la fois étonné et dégoûté.

— Les baguettes, apprit-il à Aimé-Césaire, c'est fait en bois.

— Mon Dieu! soupira Anou. Quel expert!

L'homme plaça en riant une des cuillers au centre

de la table, puis s'immobilisa complètement. Il semblait s'être retiré à l'intérieur de son corps, les bras croisés sur la poitrine, les yeux fermés. Il se mit à se balancer doucement d'avant en arrière, comme pour rassembler son énergie.

M. Imoo, les cheveux encore luisants de neige fondante, s'immobilisa à son tour. Il ne se donna même pas la peine d'essuyer la grosse goutte d'eau glacée qui roulait sur sa joue.

Les Carcajous firent silence eux aussi, mais la plupart d'entre eux regardaient discrètement autour d'eux pour tenter de croiser le regard d'un de leurs amis, leur expression à tous reflétant la même question : « Mais qu'est-ce qui se passe ici au juste ? »

Mais pas Sim. Il se balançait même légèrement, les yeux juste assez entrouverts pour pouvoir fixer le propriétaire du restaurant.

L'homme émit un grognement et ouvrit les yeux. Il avait changé subtilement, comme hypnotisé, et il semblait maintenant tout à fait inconscient de la présence des Carcajous.

Il tendit l'index et, lentement, délicatement, le passa le long de la cuiller, un peu comme s'il avait voulu aller chatouiller le ventre d'un chat.

Tout à coup, sa main bougea à la vitesse de l'éclair, doigts écartés. Stéphane pensa qu'il avait dû perdre la cuiller de vue parce que, quand la main se retira, la cuiller était toujours là, au centre de la table… mais elle formait maintenant un cercle presque parfait.

— Extraordinaire ! fit Sim en hochant la tête rapidement.

— Comment est-ce qu'il a fait ? demanda Aimé-Césaire.

— Il y a un truc, dit Anou.

— Non, pas de truc, répliqua M. Imoo.

— Est-ce que je peux le filmer ? demanda Kling.

M. Imoo s'entretint quelques minutes avec l'homme en japonais. L'homme fit « oui » de la tête.

— Vas-y, dit M. Imoo à Kling. C'est un cadeau spécial, pour Anou.

Pendant que Kling filmait, l'homme déposa une autre cuiller au centre de la table, puis il se pencha et prit doucement la main d'Anou dans la sienne. Anou semblait nerveuse, et Stéphane s'aperçut qu'elle rougissait, mais elle laissa l'homme guider sa main vers la cuiller et placer ses doigts sur l'ustensile pour qu'elle constate qu'il était bel et bien en acier inoxydable.

L'homme lui reprit la main et, la gardant dans la sienne, il passa de nouveau un doigt le long de la cuiller, claqua des doigts une fois… et laissa sur la table une autre cuiller courbée.

Anou retira sa main brusquement comme si elle venait de se brûler.

— C'est chaud ? demanda Aimé-Césaire.

— N-n-non… balbutia Anou. Elle tendit la main et saisit délicatement la cuiller courbée.

— C'est pour vous, dit l'homme en faisant signe à Anou qu'elle pouvait la garder.

— M-merci, répondit Anou, maintenant toute rouge de confusion.

Elle prit la cuiller, la fit rouler dans sa main et la plaça fièrement à la boutonnière de son manteau.

— *Arigato,* dit-elle à l'homme. Merci.

Le propriétaire du restaurant se leva et s'inclina profondément devant Anou. Il semblait très heureux que la jeune fille ait trouvé sa cuiller digne de servir de bijou.

— M. Imoo va me montrer comment me servir de mon bouclier intérieur, annonça Sim à la ronde.

— Tu fais déjà trop courber tes lames de patin, fit observer Lars.

Tout le monde se mit à rire.

— Tu ris maintenant, fit Sim, mais tu riras moins quand ce bon vieux Sim commencera à repousser ses adversaires d'un petit coup de gant.

M. Imoo eut un petit rire et frotta délicatement son pauvre nez blessé.

— Le bouclier intérieur ne m'a pas protégé ce soir, en tout cas.

# CHAPITRE 6

Ce matin-là, ils devaient se rendre au mont Yakebitai, où avait eu lieu la toute première compétition olympique de planche à neige. Ils purent admirer en route certains des paysages les plus spectaculaires que Stéphane avait vus de sa vie, mais les Carcajous n'étaient pas tous intéressés à regarder dehors par cette belle journée ensoleillée.

— Mettez un film! avait lancé Sim à l'arrière de l'autobus.

— Ouvrez une fenêtre! avait crié Anou — assise juste derrière lui — quelques instants plus tard.

M. Blackburn se rendit à l'avant de l'autobus pour demander au chauffeur de mettre un film dans le magnétoscope de l'autobus, mais le chauffeur n'en avait malheureusement pas apporté.

— Zut! grogna Sim. J'aurais bien aimé voir *Godzilla* en version originale japonaise!

— Hé, Kling! lança Anou en direction de son ami installé un peu plus loin, dans une section où on avait enlevé deux sièges de l'autobus afin de faire de la place pour son fauteuil roulant. Passe-nous ta cassette. Je voudrais voir comment le gars, au restaurant, a fait pour courber les cuillers.

— Ouais ! s'écria Aimé-Césaire. Moi aussi.

Tout le monde était d'accord. M. Blackburn arrangea donc le magnétoscope pour qu'ils puissent visionner ce que Kling avait filmé jusqu'ici sur le merveilleux voyage des Carcajous à Nagano.

— C'est où ? demanda-t-il à Kling en enfonçant le bouton de marche arrière.

— Pas trop loin, dit Kling. À peu près là !

M. Blackburn appuya sur le bouton d'arrêt, puis remit le magnétoscope en marche. Une image apparut, tremblotante et tout à fait hors foyer, sur tous les écrans de l'autobus.

M. Blackburn tripota les boutons de réglage et l'image se précisa. C'était le banquet d'ouverture.

— Vous avez trop reculé ! crièrent plusieurs voix d'un bout à l'autre de l'autobus.

— Hé ! s'écria Sim. Laissez ça là une seconde !

M. Blackburn se retourna, étonné.

— Arrêtez le film ! cria Sim. Arrêtez !

M. Blackburn appuya sur le bouton de pause. Stéphane regarda attentivement l'écran, mais ne vit rien qui lui paraissait important. Seulement un serveur transportant un plateau de sushis vers la table d'honneur.

— Je me suis trompé, dit Kling. Je ne savais pas comment fonctionnait la caméra à ce moment-là.

— Non ! cria Sim. Reculez encore un tout petit peu !

M. Blackburn enfonça le bouton de marche arrière, puis remit l'appareil en fonctionnement.

— C'est l'imbécile qui m'a foncé dedans ! cria Sim, en colère.

Stéphane se retourna sur son siège, tout surpris. « Mais de quoi parle-t-il au juste ? »

— Qu'est-ce que tu veux dire ? demanda Aimé-Césaire.

— Le soir du banquet. Vous vous rappelez quand je suis sorti de la tente ?

— Je me souviens que t'es parti en pleurant comme un bébé, répondit Anou.

— Je pensais que j'allais vomir, vous vous rappelez ?

Anou regarda Stéphane et leva les yeux au ciel. Pourquoi diable devaient-ils se remémorer tout cela ?

— Et alors ? demanda Lars. C'est ce gars-là qui t'a fait vomir ?

— Non, non, non ! Pendant que j'étais à l'entrée de la tente, il est arrivé en courant comme s'il était poursuivi. Et il m'a poussé par terre !

— Peut-être qu'il t'avait pas vu, suggéra Aimé-Césaire.

— Il m'avait très bien vu. Il a été obligé de passer

par-dessus moi. Si je le revois, il est pas mieux que mort !

— Qu'est-ce que tu vas lui faire ? lança Normand. Le mettre en pièces avec ton bouclier intérieur ?

— Très drôle, répondit Sim. Très, très drôle !

Sim se croisa les bras sur la poitrine et ferma les yeux. Est-ce qu'il voulait simplement faire dévier les commentaires de ses coéquipiers ou s'il ramassait ses forces pour courber Normand comme une petite cuiller ? Stéphane n'aurait pas su le dire.

Mais ce qu'il savait, c'est que Sim était très fâché de sa mésaventure. Il trouvait d'ailleurs l'incident un peu bizarre. Les Japonais étaient tellement polis… Ils semblaient toujours en train de s'excuser pour rien. Et il n'avait vu personne d'autre se déplacer aussi vite, sauf sur patins.

« D'ailleurs, pourquoi un serveur aurait-il couru dans cette direction ? La cuisine se trouvait de l'autre côté, séparée de la salle du banquet par des portes tournantes. »

« Et est-ce que ce n'était pas juste au moment où le maire était tombé raide mort après avoir mangé du poisson-globe ? »

Aimé-Césaire posa la question qui était venue à l'esprit de tout le monde.

— Est-ce qu'on voit le maire mourir ?

— Un peu, dit Kling.

— On n'a pas besoin de voir ça, répliqua M. Blackburn en faisant avancer la cassette en accéléré. Qui veut voir l'homme du restaurant courber les cuillers ?

— Moi !

— Moi !

— Moi !

— Moi aussi !

M. Blackburn remit le magnétoscope en marche, et l'image se précisa pour laisser apparaître le petit restaurant du centre-ville. La femme arrivait de la cuisine avec les cuillers.

Tous les occupants de l'autobus lancèrent des cris de satisfaction.

Tous, sauf Stéphane. Quelque chose le troublait dans ce qui était arrivé à Sim. Quelque chose qui avait à voir avec le fait que l'homme s'éloignait à toute vitesse de la scène où un meurtre allait se produire quelques secondes plus tard.

# Chapitre 7

S'il n'y avait pas eu la magie du patin, se disait Stéphane, il aurait choisi la planche à neige. C'était un moyen parfait pour se déplacer. Il adorait pardessus tout sentir ses patins bien aiguisés glisser sur la glace neuve et étincelante, mais il aimait presque autant la sensation d'avoir réussi une manœuvre particulièrement difficile en planche à neige.

Il aimait se baisser à la limite de l'équilibre, les mains très bas, les genoux pliés, en rasant le sol de tellement près qu'il sentait presque ses hanches balayer la neige en passant. Quelques virages rapides, un saut, une main sur la queue de sa planche et un atterrissage parfait, avant d'aborder immédiatement une nouvelle glissade sur la neige dure, qui crissait sous la planche à peu près comme la glace sous les patins.

Stéphane n'était pas le plus formidable des surfeurs, mais il était assez bon. Les meilleurs de l'équipe étaient Anou et Lars, probablement aussi les meilleurs techniciens du patin, et Dimitri était le plus rapide, comme d'habitude. Mais Aimé-Césaire n'était pas si mal non plus. En fait, il semblait nettement plus à l'aise sur une planche à neige que sur ses patins, et Stéphane se réjouissait intérieurement que son ami ait maintenant une habileté dont il pourrait se vanter.

Mais le cas de Sim était sans espoir. Enfin, pas exactement sans espoir, mais Sim n'avait aucune patience et s'attendait à ce que ses capacités de hockeyeur le servent tout aussi bien sur une planche. Il pensait aussi — du moins, c'est ce qu'il prétendait — que la planche à neige devrait être un sport de contact. Mais il était de cet avis-là sur tous les sports qu'il pratiquait... Il était convaincu par exemple que le baseball serait bien plus intéressant s'il était permis de plaquer les coureurs !

C'est M. Ikura, le propriétaire du centre de ski — et aussi, d'après ce que Sim avait appris de M. Imoo, de quelques autres des plus belles stations de ski et de planche à neige de la région —, qui avait invité les Carcajous au mont Yakebitai. Il était réputé pour son immense richesse et sa générosité. Les Carcajous, en tout cas, n'avaient aucun doute quant à sa générosité : il les avait accueillis avec des laissez-passer gratuits pour l'accès aux pentes et la location de planches, ainsi que des coupons leur permettant de se procurer chacun un repas complet à la cafétéria.

— C'est pas des sushis, j'espère ? avait demandé Sim, inquiet.

— Ce que tu voudras, avait répondu M. Ikura.

— Un Blizzard de Dairy Queen ! s'était écrié Sim.

— Qu'est-ce que c'est ? avait demandé M. Ikura.

— Ne vous occupez pas de lui, avait suggéré Anou. C'est ce qu'on fait tous. Et merci de la part de toute l'équipe pour votre gentil cadeau.

Anou avait ensuite présenté à M. Ikura un manteau aux couleurs de l'équipe, qu'il avait aussitôt enfilé sous les applaudissements des Carcajous. Il les avait remerciés et leur avait souhaité une bonne journée sur les pentes.

Après quelques descentes, Stéphane s'était rendu sur une petite pente, au pied de la station, pour aider Sim à perfectionner sa technique. Sim voulait s'améliorer, mais apparemment, il n'était prêt à laisser personne d'autre que son meilleur ami constater à quel point il était nul.

Ils travaillaient à la posture de Sim quand M. Blackburn et Kling arrivèrent. M. Blackburn poussait Kling sur un traîneau spécial et celui-ci, comme toujours, filmait avec sa caméra.

— Range ça ! lui ordonna Sim, embarrassé de se faire prendre en flagrant délit de maladresse. Ou tu vas avoir affaire à moi !

— Qu'est-ce que tu vas faire ? rétorqua Kling en riant. Te servir de ton bouclier intérieur ?

— Je veux pas que tu me filmes, OK ? Pas tout de suite, en tout cas.

M. Blackburn retourna au chalet et Kling resta avec ses deux amis, se contentant de les regarder sans les filmer, du moins pendant quelque temps. Sim travaillait dur, le visage ruisselant de sueur, et Stéphane était ravi de voir à quelle vitesse il s'améliorait. Il semblait avoir trouvé son équilibre. Maintenant qu'il avait maîtrisé cet élément-là, le reste viendrait tout seul.

— Vas-y, dit Sim à Kling avec une nouvelle assurance. Tu peux prendre quelques images du maître, maintenant.

Kling ramassa sa caméra et se remit à filmer. Pas seulement Sim, mais la station en entier, avec le chalet en contrebas et une Toyota 4X4 qui se dirigeait vers eux sur la route escarpée.

Le véhicule s'immobilisa de l'autre côté d'un bosquet, tout près des trois garçons. Deux hommes en descendirent et en sortirent d'abord une motoneige Yamaha, puis un lourd traîneau qu'ils attachèrent à l'arrière de la motoneige.

Ils doivent entretenir les pentes, supposa Stéphane après avoir jeté un rapide coup d'œil vers eux. Mais il se rendit compte que Sim les regardait d'un air furieux.

— Le gars avec le manteau rouge… fit Sim.

— Qu'est-ce qu'il a ?

— C'est pas celui qui m'a foncé dedans l'autre jour ?

Stéphane regarda plus attentivement. Il avait entendu bien des blagues stupides sur le fait que tous les Japonais se ressemblent et il avait entendu dire que les Japonais faisaient aussi des blagues du même genre sur les Occidentaux. Il savait bien que rien de cela n'était vrai, mais l'homme ne lui semblait pas tellement différent de tous les autres préposés à l'entretien qu'il avait vus ce jour-là.

— C'est lui, je te dis, insista Sim. Regarde ses sourcils.

L'homme avait effectivement des sourcils un peu particuliers. Très sombres, ils formaient un V qui lui donnait un air vaguement inquiétant.

— Peut-être, reconnut Stéphane.

— C'est pas « peut-être ». Je te dis que c'est lui.

— Je vais prendre son portrait, dit Kling. Comme ça, on pourra comparer avec la scène de l'autre jour.

— Je vais le lui arranger, le portrait, moi, dit Sim en se penchant.

Sim façonna rapidement une grosse boule de neige durcie, s'inclina vers l'arrière et la lança de toutes ses forces. La boule de neige s'envola par-dessus le bosquet d'arbres et alla s'écraser sur le côté de la motoneige.

Les deux hommes levèrent la tête, étonnés.

Sim leur montra le poing.

— *Moshi moshi, moshi moshi !* cria-t-il.

— Allô, allô ? traduisit Stéphane, perplexe.

Sim eut un sourire penaud.

— Ben, je savais pas quoi dire d'autre.

L'homme aux sourcils en V regarda attentivement les garçons avant de leur tourner le dos.

— On l'a eu ! s'écria Kling.

— Non, dit Sim. Je l'ai raté.

— Non, corrigea Kling en tapotant sa caméra vidéo. Je l'ai eu.

— Ça, ça va lui faire mal ! répliqua Sim, sarcastique. Il s'éloigna sur sa planche en secouant la tête, naviguant comme un pro pendant quelques minutes. Mais il se pencha bientôt un peu trop en amorçant un virage et tomba face contre terre, dans une grande éclaboussure de neige.

— J'ai eu ça aussi ! cria Kling triomphalement.

# Chapitre 8

Stéphane alla rejoindre Anou, Dimitri, Lars et Anne-Marie à l'arrivée du téléphérique. Le paysage était magnifique. Le soleil étincelait sur la neige épaisse, au-dessus des nuages qui enserraient le mont Yakebitai comme une épaisse couverture. Il neigeait en bas, mais ici, au sommet, loin au-dessus de tout sauf des autres sommets enneigés, il faisait un temps splendide. Stéphane aurait bien aimé que Kling puisse monter jusque-là avec sa caméra vidéo, mais il était retourné au chalet pendant que Sim continuait à s'exercer sur la petite pente.

Les cinq amis firent une longue descente ensemble. Anou avait pris la tête, et les autres avaient entrepris de la suivre en imitant ses moindres mouvements. Si Anou levait le poing, les quatre autres levaient le poing. Si Anou sautait, se baissait ou faisait une manœuvre spéciale, les quatre autres le faisaient aussi. Ils dévalèrent la pente à travers les nuages, le long d'une haute crête, jusqu'à ce qu'ils aperçoivent des pancartes indiquant que l'endroit était dangereux. Anou freina sec à l'abri d'un bosquet de pins. Les autres la rejoignirent bientôt.

— C'est génial, hein ? fit Anne-Marie.

Stéphane lui sourit. Elle avait le visage rosi par le froid. La neige lui tombait sur les joues et fondait aussitôt à la chaleur de son corps.

Lars avait ramassé de la neige poudreuse dans sa mitaine et s'apprêtait à mordre dedans.

Quant à Dimitri, il s'était avancé à la lisière du bosquet de pins et examinait la pente dangereuse où personne n'était censé s'aventurer.

C'est alors que la montagne explosa.

* * *

Le grondement aurait suffi pour terrifier Stéphane. Mais une seconde après avoir entendu l'horrible bruit, les Carcajous sentirent le sol bouger sous leurs pieds. Ils se jetèrent par terre en hurlant.

Le mont Yakebitai s'écroulait !

— C'est une avalanche ! cria Anou, qu'on entendait à peine à travers le grondement dévastateur.

— Agrippez-vous aux arbres ! ordonna Lars.

Stéphane se mit à débouler sur le côté jusqu'à ce qu'il puisse passer ses bras autour d'un des pins. L'arbre tremblait, mais il tenait bon. Dimitri, à côté de lui, était accroché à un pin lui aussi.

La neige, sous les Carcajous, se cabrait comme un

cheval. Stéphane entendit Anne-Marie hurler, mais il constata qu'elle avait réussi elle aussi à s'agripper à un arbre.

Il leva légèrement la tête. Le bruit était assourdissant. Il voyait la pente dangereuse à travers les pins et avait l'impression de se trouver dans une voiture en mouvement.

On aurait dit qu'il remontait la pente avec les arbres !

Il regarda de nouveau et se rendit compte que c'était la montagne qui glissait vers le bas, comme une nappe blanche sur une table inclinée, et non lui qui volait vers le haut. Le grondement s'amplifiait et un panache de neige s'élevait dans les airs, plus épais que tous les nuages entourant la montagne.

Le bruit commença enfin à s'atténuer, mais le sol tremblait toujours.

« Ou alors, c'est moi qui tremble », pensa Stéphane.

Les cinq Carcajous restèrent immobiles, en sécurité parmi les arbres, jusqu'à ce que le grondement cesse complètement. Le ciel était toujours rempli de flocons virevoltants quand ils se relevèrent, mais l'avalanche était terminée. Ils étaient encore en vie !

Anne-Marie pleurait. Lars lui passa le bras autour des épaules pour la soutenir. Stéphane aurait bien voulu avoir l'audace de le faire, mais il savait qu'il n'en serait pas capable. Il enviait un peu Lars d'être aussi à l'aise avec les autres.

Anou se risqua jusqu'à la lisière du bosquet de pins. Dimitri lui saisit le bras.

— Vas-y pas! dit-il. Il pourrait y en avoir une autre n'importe quand!

— Dans quelle direction ça glissait? demanda Anou.

— Vers le chalet, répondit Dimitri.

Stéphane n'avait jamais été aussi rapide ni aussi habile sur une planche à neige. Mais cela n'avait absolument plus d'importance. Tout ce qui comptait, c'était qu'ils arrivent au plus vite en bas de la montagne. Ils devaient aller voir s'il y avait des blessés.

Dimitri s'était élancé le premier, plié en deux sur sa planche qui sifflait sur la neige. Il les mena vers une haute clairière loin de la zone d'avalanche, vers des cieux plus clairs qui n'étaient pas encore remplis des gerbes de neige poudreuse projetées dans les airs comme un nuage de fumée résultant de l'explosion d'une bombe. Anou suivait, puis Stéphane et Anne-Marie. Lars fermait la marche en s'assurant qu'Anne-Marie s'en tirait bien.

Stéphane sentit son cœur bondir dans sa poitrine en apercevant le chalet. Il était intact! Il y avait des skieurs et des surfeurs tout autour, les yeux rivés sur la pente des débutants, sur laquelle une lame de l'avalanche avait déferlé comme une vague géante.

Les cinq surfeurs se dépêchèrent de descendre. Plusieurs de leurs coéquipiers, accompagnés de Max, vinrent les rejoindre en trébuchant dans la neige épaisse. M. Blackburn et Kling agitaient la main sur la terrasse du chalet.

— Vous êtes sains et saufs ! Vous êtes sains et saufs ! cria Aimé-Césaire.

— Tout va bien ! répondit Anou. Mais on a eu chaud !

— Est-ce que tout le monde ici s'en est tiré ? demanda Lars.

Tous les autres se tournèrent vers Max.

Stéphane regarda le grand entraîneur. C'était peut-être parce qu'il avait couru dans l'air froid, mais Max avait les yeux rouges et vitreux, comme s'il avait pleuré.

— Simard est introuvable.

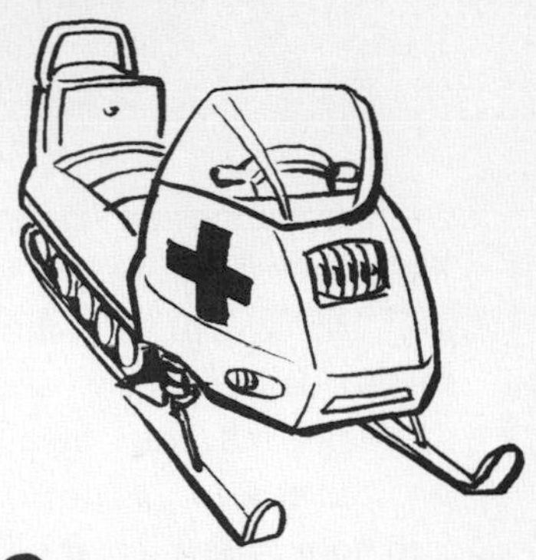

# Chapitre 9

Cette fois, le terrifiant grondement se fit dans la tête de Stéphane. Dès qu'il entendit les paroles de Max, les images d'horreur se succédèrent dans son esprit : Sim qui réussissait enfin à manœuvrer sa planche ; Sim qui décidait de travailler ses descentes tout seul ; Sim qui montait plus haut sur la pente des débutants pour passer inaperçu en attendant d'être prêt à montrer ses prouesses à tout le monde. Sim, enfoui sous l'avalanche.

— NNNOOOOOOOOOOOONNNN !

Les Carcajous se retournèrent tous en même temps vers l'endroit où l'avalanche avait envahi les pistes de ski. Il y avait plusieurs arbres brisés, et la neige s'amoncelait comme si des chasse-neige venaient de déblayer le plus gigantesque terrain de stationnement au monde. D'énormes bancs de neige avaient surgi comme par magie, auréolés d'une neige poudreuse qui tournoyait encore dans les airs et étincelait sous le soleil qui venait de crever les nuages.

Les équipes de sauvetage étaient déjà au travail. De grandes motoneiges semblables à des chars d'assaut gravissaient les collines, et les sauveteurs en uniformes de ski jaune vif se précipitaient vers les arbres.

Sans réfléchir, Stéphane se débarrassa de sa planche et se mit à courir vers le secteur où il avait vu Sim pour la dernière fois.

— Stéphane ! cria Max dans son dos.

Stéphane poursuivit sa course un certain temps avant de s'immobiliser pour jeter un coup d'œil derrière lui. Les autres Carcajous le suivaient, y compris Max qui trébuchait dans la neige à cause de sa jambe infirme.

Ils formaient une équipe, et un des leurs était en difficulté.

Stéphane suait maintenant à grosses gouttes. Son cœur battait la chamade et sa gorge brûlait. Il avait les yeux brouillés par les larmes, mais il s'en fichait. Sim était son meilleur ami, le meilleur des meilleurs amis du monde.

Tout était de sa faute. Il aurait dû rester avec Sim. Mais non, il l'avait abandonné pour montrer ses talents à ses autres amis.

Et maintenant, Sim avait disparu.

Stéphane essayait de ne pas penser à ce qui avait dû se produire, mais il en était incapable. Il voyait Sim se retourner, hurler, et la muraille de neige débouler sur lui et l'ensevelir complètement.

En ce moment même, Sim essayait peut-être de

crier à l'aide. Mais il était probablement en train d'étouffer sous la neige et de perdre lentement toute volonté de rester en vie.

Les sauveteurs avaient atteint la zone d'avalanche. À quatre pattes, ils tiraient derrière eux de longues baguettes évidées qui ressemblaient à de gigantesques pailles. Plusieurs avaient déjà commencé à se servir de leurs baguettes, qu'ils enfonçaient profondément dans la neige pour sonder sous la surface. Si Sim était toujours en vie, il pourrait respirer par une de ces pailles jusqu'à ce qu'on le tire de là !

Stéphane sentit l'espoir lui revenir. De toute évidence, les sauveteurs pensaient qu'ils avaient une chance. Un million de tonnes de neige, ce n'était pas un million de tonnes de pierres. Sim était peut-être encore vivant !

Stéphane se surprit à prier. Il pleurait et priait, en se traînant lui aussi à quatre pattes comme s'il s'attendait à voir surgir de la neige la tuque des Carcajous que Sim portait ce jour-là, ou à entendre sa voix étouffée se plaindre des sushis ou d'autre chose.

— Mais qu'est-ce que tout le monde cherche ? demanda une voix derrière lui.

— Sim, voyons ! répliqua Stéphane, impatient.

— Quoi ? demanda la même voix étonnée.

— On cherche Sim ! répéta Stéphane, en colère.

— Quoi ? répéta la voix.

C'est alors que Stéphane se rendit compte qu'il connaissait cette voix aussi bien que la sienne !

Toujours à quatre pattes, il tourna la tête.

Sim était à côté de lui, la bouche pleine, la main droite plongée dans un sac de croustilles.

— Qu'est-ce qui se passe ? demanda Sim.

— Mais d'où est-ce que tu viens ?

— De la boutique. Regarde, ils ont des vraies croustilles, ici. Comme celles de chez nous.

Stéphane se releva d'un bond et fit une chose dont il se serait cru totalement incapable quelques minutes plus tôt : il embrassa Sim.

— Hé ! protesta Sim. Ôte-toi de là ! T'écrases mes croustilles !

Tout le monde l'avait enfin remarqué. Les Carcajous accoururent vers lui comme s'il venait de marquer le but vainqueur en prolongation. Même Max arrivait en courant, malgré la douleur que lui causait sa patte folle. Il rejoignit ses joueurs en riant et passa un gros gant couvert de neige dans le visage de Sim.

— Arrêtez donc ! cria Sim. Vous écrasez mes croustilles !

Mais personne ne l'écoutait. Ils étaient tous agglutinés sur lui, son sac de croustilles aussi plat que si l'avalanche lui était passée dessus, ses protestations de plus en plus étouffées par l'afflux de ses coéquipiers.

* * *

— C'est un miracle, disait M. Blackburn. Un vrai miracle.

Les Carcajous s'étaient rassemblés devant la boutique du chalet. Tout le monde, semblait-il, avait acheté un nouveau sac de croustilles pour Sim, bien content de se retrouver ainsi au centre de l'attention générale. Entre deux poignées de croustilles, la bouche pleine, il tenait sa cour comme s'il avait effectivement été emporté par l'avalanche, mais qu'il avait tout simplement — grâce à ses talents exceptionnels de surfeur ! — chevauché la vague de neige comme sur une planche de surf jusqu'à ce qu'il se retrouve en sécurité à la boutique.

Tout le monde était sain et sauf. Non seulement les Carcajous, mais les centaines de skieurs et de surfeurs qui se trouvaient sur les pistes ce jour-là. Le propriétaire, M. Ikura, le visage grave, avait fait sa tournée et présenté ses excuses à la ronde. Comme si l'avalanche avait été sa faute…

— C'est un miracle, répétait sans cesse M. Blackburn.

On finit par apprendre que les routes avaient été rouvertes. Les Carcajous, fatigués et énervés, n'avaient qu'une idée en tête : retourner à leurs chambres et se reposer en prévision du match contre Sapporo.

Les bagages avaient été chargés à bord de l'autobus, où régnait déjà une bonne chaleur, quand Max et M. Blackburn revinrent de l'endroit où l'équipe de sauveteurs menait son enquête sur l'avalanche. Les sauveteurs allaient veiller toute la nuit au cas où il y aurait d'autres incidents.

Pour le moment, le mont Yakebitai demeurait fermé.

Stéphane était assis assez près de l'entrée de l'autobus pour entendre ce que Max disait à M. Blackburn.

— Apparemment, il n'y a jamais eu d'avalanche ici à ce temps-ci de l'année, disait Max. M. Ikura affirme qu'il n'y comprend absolument rien.

« C'est difficile à comprendre, en effet », se dit Stéphane.

Le maire assassiné… Et maintenant cette avalanche…

Mais que se passait-il donc à Nagano ?

# Chapitre 10

Les Carcajous n'avaient jamais été aussi contents de disputer un match ! Ils étaient venus à Nagano pour les « Olympiques junior », mais Stéphane avait bien l'impression que le hockey était maintenant le cadet de leurs soucis. Un meurtre… Une avalanche… Sim qui avait failli se faire tuer… Il était grand temps de revenir à une activité à laquelle ils comprenaient quelque chose.

Ils se rendirent au stade Big Hat en autobus. La première fois qu'il l'avait vu, Stéphane avait compris instantanément d'où venait ce nom : le gigantesque stade ressemblait aux vieilles boîtes à chapeau que sa mère conservait dans le grenier, en milliers de fois plus gros. Les vestiaires étaient immenses, et la patinoire était une pure merveille.

Les Nordiques de Sapporo, malheureusement, n'étaient pas très bons. Ils avaient environ une demi-douzaine d'excellents patineurs, mais un seul manieur de rondelle… et un gardien très, très faible.

Anou avait pris un peu trop à cœur le conseil de M. Imoo, qui leur avait dit de lancer le plus possible. Elle décocha la rondelle dans le but dès la première mise au jeu, qu'elle avait remportée facilement grâce à son petit truc favori : ramasser la rondelle dans les airs avant même qu'elle atterrisse et l'envoyer entre ses deux patins. Un pivot rapide, une feinte de l'épaule pour écarter le centre de Sapporo, et Anou amorçait déjà un long lancer frappé qui dépassa la ligne bleue, rebondit une fois et pénétra dans le but entre les deux jambes du gardien.

Au tour suivant, Normand Saint-Onge, dont le tir était presque aussi redoutable que celui de Sim, lança de l'extérieur de la ligne bleue un solide boulet qui envoya la rondelle faire un vol plané jusqu'au filet adverse. Le gardien eut beau étirer le bras, la rondelle entra facilement derrière lui.

Carcajous 2, Nordiques 0.

Plusieurs des Carcajous riaient sur le banc.

— Le prochain qui tire de l'autre côté de la ligne bleue reste au banc pour le reste du match, annonça Max. Il n'avait pas l'air content.

Le message fit immédiatement le tour de l'équipe. À partir de ce moment-là, les Carcajous évitèrent soigneusement d'embarrasser l'équipe japonaise, transportant la rondelle jusque dans la zone des Nordiques et prenant le temps de se placer avant de lancer. Le gardien japonais put ainsi reprendre graduellement confiance en lui.

Stéphane se rendit compte que, pendant qu'il était au banc, il prêtait plus attention au jeu des Nordiques qu'à celui des Carcajous. Il essayait de deviner quels étaient les joueurs les plus âgés. Et, de fait, il semblait bien que M. Imoo avait raison : les joueurs plus jeunes remettaient toujours la rondelle aux plus vieux quand ils en avaient la chance.

Anne-Marie, cependant, reçut très peu de lancers. Et elle les repoussa tous sans aucune difficulté.

À la fin de la seconde période, les Carcajous menaient 5 à 0. Dimitri avait marqué sur une échappée, Aimé-Césaire avait fait dévier un lancer, et Mélanie avait réussi une jolie feinte après avoir ramassé une passe de Jean-Louis à côté du but.

La troisième période venait de commencer quand Max annonça :

— Sim, tu y vas.

Sim avait passé tout le match assis au bout du banc, à moitié endormi par la chaleur dans son lourd équipement de gardien. Il ne s'attendait pas à jouer. En tant que gardien substitut, il en était arrivé à la conclusion que sa tâche, au Japon, se limitait à divertir les autres pendant l'entraînement et à rêvasser pendant les matches.

— Je peux pas y aller, protesta Sim. Je suis pas un vrai gardien de but.

— Allez, vas-y avant que je te fasse passer par-dessus la bande, ordonna Max.

Sim tenta d'escalader la bande, mais il s'accrocha,

empêtré dans ses grosses jambières, et retomba lourdement sur la glace. Pour la première fois du match, l'assistance composée majoritairement de Japonais poussa une clameur de joie.

Anne-Marie s'amena au banc parmi les tapes dans le dos et les félicitations de ses coéquipiers. Max posa sa grosse main sur sa nuque et appuya doucement. C'était sa façon à lui d'offrir ses félicitations d'entraîneur.

Il fallut environ cinq secondes à Sim pour se mettre dans le bain. Il sauta par-dessus les lignes en se rendant au filet. Il dit quelques mots à ses poteaux. Il s'aspergea le visage avec la bouteille d'eau. Il patina jusqu'à la bande et frappa la vitre avec son bâton avant de retourner rapidement vers sa zone, où il se donna un bon coup de bâton sur chaque jambière, prêt à tout.

« Les Nordiques doivent penser qu'on vient d'envoyer notre "vrai" gardien », se dit Stéphane en voyant leurs visages soucieux et en entendant leurs murmures inquiets.

« Mais bien sûr ! pensa-t-il. Y a pas de filles dans les équipes, ici. » Ils devaient supposer qu'Anne-Marie était la plus faible et que Sim était la vedette — d'autant plus qu'il se comportait comme une vedette !

Quoi qu'il en soit, les Nordiques changèrent complètement de style. Plutôt que de garder la rondelle trop longtemps et d'essayer de la passer à un joueur plus vieux pour qu'il tire au but, ils se mirent à lancer de loin vers la zone des Carcajous.

Le premier tir manqua complètement la cible, et Sim contourna majestueusement son but pour dégager la rondelle à l'arrière du filet comme s'il avait été Martin Brodeur en personne.

Le deuxième tir fit quelques bonds sur la glace… et la rondelle se faufila dans le but juste sous le bâton de Sim!

Carcajous 5, Nordiques 1.

Le but ramena les membres de l'équipe japonaise à la vie. Ils se mirent à patiner plus fort. Leur seul bon manieur de rondelle réussit à déjouer les défenseurs des Carcajous et eut deux bonnes chances de marquer.

La première fois, la rondelle atterrit directement sur la poitrine de Sim. Et la deuxième, elle lui passa entre les jambes.

Carcajous 5, Nordiques 2.

— Mais où est passé son bouclier intérieur? demanda Anou en ricanant.

Les Nordiques comptèrent encore deux buts, avant de retirer leur gardien pendant la dernière minute de jeu dans l'espoir d'égaliser la marque.

Max avait envoyé le trio d'Anou sur la glace pour les en empêcher. Stéphane espérait obtenir finalement un but, même si c'était dans un filet désert.

Mais les Nordiques de Sapporo avaient autre chose en tête. Ils semblaient littéralement voler sur la glace. Leur bon manieur de rondelle devança Stéphane, puis Dimitri, avant d'envoyer une passe parfaite en échappée vers le bâton d'un des meilleurs patineurs de son équipe.

Passant entre les deux défenseurs des Carcajous, il arriva à toute vitesse devant Sim, qui se jeta trop vite sur la glace.

Le joueur japonais décocha la rondelle dans le coin supérieur gauche.

Sim, étendu sur le dos, leva les jambes aussi haut qu'il put.

La rondelle rebondit sur le bout de son patin et alla frapper la baie vitrée.

Le sifflet retentit une seconde plus tard. Le match était terminé.

Sim fut le dernier à arriver au vestiaire, l'uniforme trempé de sueur, traînant péniblement ses grosses jambières comme si elles étaient en ciment.

— Je pense bien que je vous ai sauvé la vie, annonça-t-il. Sans moi, on aurait été chanceux de s'en tirer avec un match nul.

# Chapitre 11

En entrant dans le vestiaire, Stéphane fut le premier à remarquer que quelque chose n'allait pas. Ses vêtements étaient accrochés dans un ordre très étrange. Puisqu'il avait enlevé d'abord son manteau, puis sa chemise et enfin son pantalon, le pantalon n'aurait pas dû être accroché en dessous de son manteau, et la chemise n'aurait pas dû se retrouver sur le dessus. À moins que quelqu'un les ait décrochés, puis replacés à la hâte.

— Comment ça se fait que tes affaires sont sur mon crochet? demanda au même moment Aimé-Césaire à Normand.

C'était encore plus curieux. Il était impossible de confondre les vêtements d'Aimé-Césaire et ceux de Normand, beaucoup plus grands.

— Y a quelqu'un qui a fouillé dans mon sac de hockey, dit Lars.

— Moi aussi, répondit Paul.

Ils vérifièrent soigneusement leurs affaires, mais

rien ne semblait avoir été volé. M. Blackburn s'excusa en disant que, comme il ne semblait pas courant de fermer les vestiaires à clé au Japon, il n'avait pas insisté. Mais il était évident que quelqu'un était entré.

Le mystère commença à se dissiper, au moins en partie, lorsqu'ils furent de retour à leurs appartements du Village olympique. Stéphane avait la clé de leur appartement dans la poche gauche de son pantalon. Du moins, c'est ce qu'il croyait. Quand il plongea la main dans sa poche, il ne trouva rien.

Et il n'était pas le seul. Trois autres Carcajous ne retrouvaient pas leur clé non plus.

La personne qui avait fouillé leurs affaires savait où ils logeaient, et elle s'était précipitée au Village olympique avant leur retour. Quelqu'un avait pénétré dans leurs petits appartements. Les tiroirs étaient grands ouverts et il y avait des vêtements partout.

— On dirait que j'ai défait les bagages de tout le monde ! s'écria Sim, tout étonné, en voyant ce qui s'était passé.

Ils n'avaient aucune idée de ce que cherchait le cambrioleur. De l'argent ? Des vêtements ? C'était difficile à dire, puisque rien n'avait disparu.

* * *

Le lendemain matin, les Carcajous n'avaient toujours pas découvert pourquoi quelqu'un était entré par effraction dans leurs appartements. Ils partirent tout de même visiter le temple Zenkoji. Ils prirent l'autobus jusqu'à la gare, puis remontèrent la rue Chuo jusqu'au temple sacré.

M. Imoo les attendait à l'entrée. S'il ne leur avait pas souri, les Carcajous ne l'auraient peut-être pas reconnu. Il portait l'habit des moines bouddhistes et ressemblait comme une goutte d'eau à ses congénères qui allaient et venaient rapidement entre les divers bâtiments du temple — sauf que les autres avaient toutes leurs dents, évidemment.

— Vous devez tout voir, leur dit-il. Le temple Zenkoji a près de 300 ans. Mais même avant cela, l'endroit servait de lieu de culte depuis des centaines d'années. Venez, je vais vous faire visiter.

M. Imoo leur montra des choses extraordinaires : l'allée qui menait à la grande salle — « Il y a exactement 7 777 pierres ici, leur expliqua-t-il. Tout un problème mathématique ! » —, puis la partie sombre de la grande salle où est censée se trouver l'image sacrée de Bouddha, et que seuls les moines les plus sages sont autorisés à voir.

— C'est plus important que la coupe Stanley ! lança M. Imoo en riant.

Stéphane n'en revenait pas. Il était dans une église avec un prêtre — puisque ce temple japonais devait être à peu près l'équivalent d'une église en Amérique du Nord — et, au milieu des centaines de visiteurs qui déambulaient dans le plus grand sérieux, M. Imoo faisait constamment des blagues.

— Bouddha aime bien rire, dit-il à un moment donné. Bouddha apprécie les bonnes blagues autant que n'importe qui d'autre.

Il leur montra ensuite les énormes urnes de pierre dans lesquelles les visiteurs faisaient brûler l'encens qui parfumait l'air de son odeur sucrée, puis la statue d'un homme devant laquelle les visiteurs plus âgés faisaient la queue simplement pour passer la main sur la pierre polie.

— C'est Binzurno, expliqua M. Imoo. Le médecin le plus intelligent de tous les temps. Ils lui frottent la tête pour se sentir mieux. Essayez, vous verrez !

Certains des Carcajous passèrent la main sur la statue souriante, mais ils ne ressentirent rien de particulier.

— C'est parce que vous êtes jeunes, dit M. Imoo. Vous reviendrez à Nagano quand vous serez vieux. Vous verrez que c'est efficace.

M. Imoo avait des choses à faire et ne pouvait pas rester plus longtemps, mais il les confia à un guide et leur laissa des plans de l'immense temple en leur disant qu'il y avait une chose qu'ils devaient absolument essayer s'ils en avaient le temps.

— Vous devez faire l'expérience de l'*O-kaidan,* leur conseilla-t-il. Il y a un tunnel sous le temple principal. Vous voyez les gens, là-bas ? Ils font la queue pour y entrer. Il fait très noir là-dedans. Parfois, il y a des gens qui ont peur. Mais quand vous arriverez au bout, vous trouverez facilement la sortie. Gardez toujours votre droite. Et cherchez le loquet sur la porte du bout des doigts. C'est ce que nous appelons « la Clé de l'Illumination ». Je ne peux pas vous expliquer, mais quand vous y serez, vous comprendrez.

— J'y vais tout de suite ! s'écria Sim.

— T'as certainement besoin d'illumination, fit remarquer Anou.

— Pas question que j'aille dans une petite pièce fermée avec lui, en tout cas, fit Aimé-Césaire. Il va nous empester.

— Voyons, on est dans un temple ! aboya Sim, insulté. On fait pas des choses comme ça dans un endroit comme ici.

— Hé ! s'exclama Anou. Ça marche ! Sim a enfin vu la lumière !

— Allons-y ! dit Sim à Stéphane.

Stéphane secoua la tête.

— Plus tard, peut-être.

Stéphane s'éloigna rapidement. Il n'avait qu'à s'imaginer le tunnel obscur creusé sous le temple pour en avoir la chair de poule. Il détestait les espaces clos et sombres. Il n'aimait même pas prendre l'ascenseur pour monter plusieurs étages. Il allait certainement faire tout son possible pour éviter le tunnel.

Il se dirigea vers la boutique de souvenirs, où les visiteurs faisaient la queue pour acheter de l'encens, des cartes postales et de petites bannières de soie peintes portant l'image du temple.

Kling s'approcha dans son fauteuil roulant, souriant et tout excité.

— Les autres vont me pousser dans le tunnel, dit-il à Stéphane. Tiens, garde la caméra pour moi. Ça sert à rien de l'apporter dans un tunnel tout noir. Tu peux filmer les autres bâtiments si tu veux.

Stéphane approuva de la tête. La journée était magnifique. Les pins entourant le temple luisaient sous le soleil, ruisselants de neige fondante.

Il y avait des pigeons partout dans l'allée. Des centaines. Des milliers. Une vieille femme était en train de vider des sacs de pain sec par terre, et le son de centaines et de centaines de pigeons en train d'atterrir était assourdissant. Le ciel en était tout obscurci. Les pigeons se posèrent sur les bras de la vieille femme, sur ses épaules, sur sa tête, tout autour d'elle. Les gens applaudissaient, les enfants dansaient, et on voyait de toutes parts les caméras et les appareils photo des spectateurs qui voulaient croquer la scène : la vieille femme, le visage fendu d'un large sourire, les bras en croix, des dizaines de pigeons perchés sur elle.

« Il faut que je filme ça pour Kling », se dit Stéphane.

La caméra n'était pas compliquée. Il suffisait de pointer dans la bonne direction et d'appuyer sur un bouton avec le pouce.

Tout paraissait plus petit à travers l'objectif. Plus petit mais, curieusement, plus précis. Une nuée de pigeons se posait, une autre s'envolait et, au centre de l'image, la vieille femme tournoyait comme sur un piédestal, le sourire presque aussi large que ses bras étendus sur lesquels les pigeons se cherchaient un perchoir.

Un petit enfant courut vers elle et fit fuir les oiseaux, qui s'élevèrent d'un seul coup dans un bruit de tonnerre et se dirigèrent vers les arbres. L'enfant se retourna, étonné de leur disparition soudaine. Stéphane eut un petit rire, content d'avoir capté cette scène délicieuse avec la caméra de Kling.

Il éleva la caméra vers la femme et vit pour la première fois à travers l'objectif quelqu'un qui le montrait du doigt.

L'homme aux sourcils !

Le serveur qui avait bousculé Sim.

Et qui était à la montagne l'autre jour…

# CHAPITRE 12

Stéphane s'immobilisa, le cœur battant la chamade comme un pigeon effrayé. Il en était absolument certain : c'était l'homme aux sourcils. Et l'homme le montrait du doigt, de l'autre côté de la place.

« Comment ça se fait qu'il me reconnaît ? » se demanda Stéphane, la caméra encore à la hauteur de l'œil.

Mais il n'avait pas le temps de répondre à sa propre question. L'homme fronçait les sourcils et se dirigeait vers lui. Il y avait un autre homme avec lui, qui faisait le tour de la place par l'autre côté.

Ce n'était pas le moment de jouer aux devinettes. Stéphane devait sortir de là au plus vite.

Il recula d'un pas et se retourna, mais il ne trouva pas d'issue derrière lui. Seulement une longue allée menant à un autre temple, où il n'y avait personne.

Le mieux était de chercher à se fondre dans la foule. Mais pour retourner vers les autres visiteurs, il devait marcher droit devant lui.

La vieille femme avait commencé à distribuer un autre grand sac de miettes de pain, et les pigeons revenaient par milliers dans un immense bruissement d'ailes. Et la foule des touristes grandissait.

Stéphane examina les côtés de la petite place. Les deux hommes avaient les yeux fixés sur lui et cherchaient à le prendre en étau en contournant le grand cercle formé par les touristes.

Stéphane n'avait pas le choix.

Comme le petit enfant tout à l'heure, il fonça droit vers le centre du cercle. Les pigeons s'envolèrent, terrifiés, leurs milliers d'ailes obscurcissant la vue de Stéphane qui passa en courant à côté de la vieille femme pour traverser la place.

Certains des visiteurs s'étaient couvert les oreilles tellement le bruit était assourdissant. D'autres lui faisaient de gros yeux, apparemment dégoûtés de son étourderie. Mais Stéphane n'avait pas le temps de s'arrêter pour leur expliquer la situation.

Il se permit un seul coup d'œil derrière lui en fonçant vers le temple principal.

L'homme aux sourcils courait ! Et l'autre homme aussi, juste derrière lui !

Stéphane se mit à courir à fond de train, en zigzaguant pour éviter la foule dense des pèlerins et des touristes, faisant s'envoler les pigeons et forçant les familles à s'écarter à la vue de ce jeune étranger en manteau des Carcajous qui fonçait à toute vitesse vers la grille d'entrée, où la foule semblait particulièrement nombreuse.

Le cerveau de Stéphane fonctionnait lui aussi à vive allure. Il ne pouvait pas s'arrêter pour demander de l'aide — il n'y avait certainement pas grand monde ici qui parlait français ! Et il ne pouvait pas non plus se perdre dans la foule : son manteau des Carcajous et son visage d'Occidental étaient bien trop visibles.

« Il faut que je me cache ! pensa Stéphane. Mais où ? »

C'est alors que l'idée lui vint.

Le tunnel !

S'il réussissait à atteindre le tunnel, il retrouverait sans doute ses coéquipiers. Ou Max, peut-être, ou M. Blackburn.

Mais il n'y avait pas d'air ni de lumière dans le tunnel, dont les épais murs sombres allaient se refermer sur lui…

Tant pis, il n'avait pas le choix. Il se retourna juste assez longtemps pour s'apercevoir que les hommes se rapprochaient. Il savait que ce n'était qu'une question de temps avant que l'un d'eux le rejoigne. Et que feraient les gens autour de lui, à ce moment-là ? Est-ce qu'ils l'aideraient ? C'était peu probable. Ils supposeraient que les hommes l'avaient poursuivi pour l'obliger à arrêter de courir et de faire peur aux pigeons. Il ne serait jamais capable de leur expliquer ce qui se passait. Et les hommes allaient l'emporter. Il ne savait pas pourquoi, mais il était certain que ce ne serait pas agréable…

C'est à peine si ses pieds foulèrent les 7 777 pierres

de l'allée qui menait au temple principal. Il se faufila dans la foule de plus en plus nombreuse comme s'il était en patins et qu'il cherchait une ouverture sur la patinoire. Il avait maintenant distancé ses poursuivants.

Il arriva enfin au temple principal. En haut de l'escalier de bois, il vit partout devant lui des paillassons couverts des chaussures et des bottes des gens qui étaient entrés. Il fut bien obligé de retirer ses bottes, qu'il lança à la volée, et partit en courant en chaussettes sur la surface douce et spongieuse des tapis étendus jusqu'au fond du temple.

Là-bas, des pèlerins faisaient la queue pour descendre dans le tunnel.

Tout en s'excusant à gauche et à droite, Stéphane fendit la foule. Personne ne sembla s'en formaliser. Tout le monde pensait probablement qu'il se dépêchait pour rattraper ses coéquipiers. Ce qui voulait peut-être dire que Sim, Anou et tous les autres étaient encore là. C'est du moins ce qu'il espérait.

Quelques mètres après l'entrée du tunnel, l'obscurité et le silence l'enveloppèrent comme une couverture. Le seul bruit provenait de la respiration des autres visiteurs, qui longeaient lentement le mur à la file indienne.

Stéphane essaya de prendre une grande inspiration et sentit ses narines se contracter pour bloquer l'odeur de paille humide qui s'élevait des paillassons tapissant le sol du tunnel.

Il ne pouvait pas respirer !

Son cœur battait maintenant à grands coups, cognant dans sa poitrine comme s'il cherchait désespérément à se sauver lui aussi. Stéphane haletait, incapable d'aspirer suffisamment d'air. Il étouffait.

Il tendit la main et palpa le mur. Il essaya de se rappeler ce que M. Imoo leur avait dit : « Gardez votre droite, ayez confiance en vos capacités, et vous allez sentir la clé. »

Stéphane se mit à longer le mur, rassuré instantanément par sa solidité. Il tenait la caméra de Kling bien serrée dans la main gauche et tâtonnait de la main droite en avançant. Il avait l'impression de pleurer.

Il faillit laisser tomber la caméra, puis il eut un flash :

« La caméra ! »

La caméra vidéo de Kling !

Bien sûr, voilà ce que les deux hommes voulaient ! Ce n'était pas lui qu'ils avaient reconnu, c'était le manteau des Carcajous — et la caméra !

C'était donc cela qu'ils cherchaient dans le vestiaire... C'était pour la récupérer qu'ils avaient volé les clés et fouillé les appartements. Mais ce qu'ils ne savaient pas, c'est que Kling avait son propre appartement au rez-de-chaussée.

Kling avait enregistré avec sa caméra quelque chose qui les intéressait. Mais quoi ? Est-ce que l'homme aux sourcils avait quelque chose à voir avec le meurtre ?

Il était au banquet. Et aussi à la montagne avec un de ses amis. Mais quel était le rapport ?

Stéphane ne comprenait pas, mais cela n'avait pas d'importance. Il lui suffisait de savoir que les deux hommes voulaient la caméra — et que c'était lui qui l'avait.

Devait-il la laisser là ? S'en débarrasser et les laisser la trouver s'ils en étaient capables ?

Non, c'était impossible. Il avait une responsabilité. Si la caméra était tellement importante pour eux, elle le serait aussi pour la police.

Stéphane la serra plus fort dans sa main gauche et poursuivit lentement sa route.

Il entendit soudain du bruit derrière lui. Quelque chose frottait contre le mur !

Qu'est-ce qu'il était censé chercher dans ce tunnel ?

Une clé ? La Clé de l'Illumination ?

Stéphane tendit la main en priant intérieurement. Et c'est alors qu'il sentit…

Une main… Une poigne solide qui se refermait sur son bras !…

On aurait dit qu'un millier de pigeons s'envolaient dans sa poitrine.

Il sentit quelqu'un le tirer par derrière avec force.

— Par ici !

Stéphane étouffait. Cette voix ! Ce n'était pas celle de Max ou de M. Blackburn, ni d'aucun de ses coéquipiers !

Il n'était même pas capable de crier. La main le forçait à avancer, mais il glissa, trébucha, puis tomba par terre à quelques mètres à peine de la fin du tunnel obscur. Il se sentit emporté.

Mais la main ne lui faisait pas mal.

Il entendit ensuite un bruit de frottement — bois contre bois — puis quelque chose qui cédait.

La lumière le frappa en plein dans les yeux comme un million de flashes. Il eut l'impression d'avoir reçu un coup à la tête et faillit tomber à la renverse.

La main le tenait toujours fermement.

— Ça va mieux, maintenant, dit la voix.

Stéphane regarda d'où venait la voix, mais il ne voyait rien. Il était aveuglé par la lumière. Il leva les mains en visière sur ses yeux et aperçut entre ses doigts tendus un sourire édenté qui lui était familier…

M. Imoo !

# CHAPITRE 13

M. Imoo avait sauvé Stéphane — mais de quoi? De sa claustrophobie? D'une mort certaine après avoir erré sans fin pour retrouver son chemin sous le temple?

Et si l'homme aux sourcils avait simplement voulu se venger de la balle de neige que lui avait lancée Sim? Mais, dans ce cas, pourquoi amener un autre homme avec lui? Un autre homme à l'air lugubre…

M. Imoo avait vu Stéphane entrer dans le tunnel et s'était rendu compte qu'il prenait beaucoup de temps pour en ressortir à l'autre bout. Il n'était pas allé l'arracher des griffes de cruels meurtriers ou quoi que ce soit du genre. Il avait simplement voulu le guider vers la sortie. Apparemment, il arrivait souvent que des visiteurs paniquent et s'immobilisent dans le tunnel.

— Ce sont des choses qui arrivent, dit M. Imoo. T'en fais pas.

Mais Stéphane ne pouvait pas s'empêcher d'être

inquiet. Qu'est-ce qui se passait ? Avait-il raison de croire que les deux hommes voulaient la caméra ? Et, si oui, qu'est-ce qu'il y avait de si important dans cette caméra pour les inciter à cambrioler les appartements des Carcajous et à pourchasser ensuite Stéphane jusqu'au temple sacré ?

Une fois de retour au Village olympique, Stéphane invita Anou et Sim à s'asseoir avec lui pour visionner la cassette vidéo. Ils aperçurent le serveur, qui ressemblait à coup sûr à l'homme aux sourcils. Ils le virent de nouveau à la station de ski, et puis Sim qui lui lançait une balle de neige.

— C'est moi qu'ils veulent, fit Sim, non sans une certaine fierté.

— Mais pourquoi est-ce qu'il serait venu fouiller dans nos chambres ? demanda Stéphane.

— Sais pas. Peut-être qu'il voulait me jouer un tour, mais qu'il ne savait pas lequel des lits était le mien.

— Ça prend certainement pas la tête à Papineau pour le deviner, répliqua Anou. On n'a qu'à regarder le lit pas fait et tous les vêtements abandonnés sur le plancher.

— Alors, qu'est-ce qu'il voulait exactement ? aboya Sim. Dis-le-nous, si t'es si brillante !

Anou secoua la tête.

— J'en sais rien. Mais y a quelque chose de louche dans tout ça. Stéphane a raison.

Ils repassèrent la cassette plusieurs fois. Un serveur. Deux hommes déchargeant une motoneige et un traîneau. Pas de trace de poison. Ni d'explosifs. Rien.

— Je pense quand même qu'on devrait montrer ça à la police, dit Stéphane.

— Montrer quoi ? demanda Sim. Y a rien.

Stéphane soupira. Quelque chose leur échappait, il en était certain, mais il ignorait quoi.

— Bon, on ferait mieux d'y aller, fit Anou. On joue à deux heures.

* * *

Les Carcajous devaient affronter les Sénateurs de Matsumoto, bien meilleurs que les Nordiques de Sapporo. Le Big Hat était presque rempli pour le match et, quand les Sénateurs s'amenèrent sur la glace, ils furent accueillis par une ovation digne de la Ligue nationale de hockey... sauf qu'il n'y eut pas de huées quand les Carcajous arrivèrent à leur tour. Les parents de l'équipe de Chicoutimi encourageaient bruyamment leurs joueurs, assis tous ensemble dans un coin du stade avec leurs bannières des Carcajous et leurs drapeaux du Québec et du Canada, tandis que le reste des spectateurs applaudissaient poliment, comme si les Carcajous étaient venus à Nagano pour un concours d'orthographe plutôt que pour un tournoi de hockey.

Les Sénateurs faisaient de bonnes passes et

n'avaient pas peur de lancer. Ils ne faisaient pas de distinction entre les *sempai* — les joueurs plus âgés — et les *koohai*, plus jeunes. Et le gardien, d'après ce que les Carcajous purent constater au cours de la période d'échauffement, était excellent, et vif comme l'éclair.

— Je devrais jouer à la ligne bleue, dit Sim à Stéphane pendant l'échauffement. Vous allez avoir besoin de mes lancers.

Stéphane acquiesça. Son ami avait peut-être raison. Mais comme Max réservait encore à Sim le rôle de gardien substitut, Stéphane se dit qu'il y avait peu de chances qu'il participe au match. Si les Carcajous voulaient gagner, ils allaient devoir garder Anne-Marie devant le filet du début à la fin.

Max envoya d'abord le trio de Normand, histoire de prendre les Sénateurs par surprise. C'était un trio expert dans l'échec avant, mais plutôt lent comparativement à celui d'Anou. Quand Max ordonna un changement de trio en pleine action, les Sénateurs semblèrent un peu pris au dépourvu.

Dimitri bondit par-dessus la bande et s'élança vers l'autre bout de la patinoire, décrivant un grand cercle à vive allure juste au moment où Anou ramassait la rondelle libre et la faisait rebondir durement sur la bande. La rondelle s'éleva dans les airs et atterrit aux pieds de Dimitri juste avant que celui-ci traverse la ligne rouge. Il n'y eut donc pas de hors-jeu, et Dimitri put poursuivre sa route presque seul.

Stéphane le rejoignit. Il n'y avait qu'un seul défenseur de retour dans sa zone, et il ne semblait pas certain de ce qu'il devait faire : prendre Dimitri en chasse ou essayer de bloquer une passe éventuelle ?

Dimitri résolut le dilemme de son adversaire, qui patinait à reculons, en se dirigeant droit sur lui. Le défenseur s'élança vers Dimitri, qui se laissa rattraper pour servir d'écran à la rondelle et s'en débarrasser dans une passe arrière absolument parfaite.

Stéphane avait prévu la manœuvre. Il ramassa la rondelle libre et s'élança vers le but. Il feinta de la tête, baissa l'épaule, et le gardien des Sénateurs se jeta sur la patinoire.

Stéphane frappa la rondelle du revers, haut et fort — en plein sur la barre transversale !

En entendant le tintement du métal, tous les spectateurs retinrent leur souffle. La lumière du but s'alluma par erreur, mais les joueurs savaient bien que Stéphane n'avait pas marqué.

Le défenseur qui s'était fait déjouer ramassa la rondelle et la lança tellement haut dans les airs qu'elle faillit frapper l'horloge.

La rondelle rebondit près du centre de la patinoire et fut ramassée par un des avants des Sénateurs qui arrivait à toute vitesse. Une échappée !

Anne-Marie s'avança pour couvrir l'angle. Le joueur des Sénateurs feignit un lancer frappé, suspendit son geste pour obliger Anne-Marie à se compromettre et la contourna avec la rondelle, qu'il lança finalement du poignet dans l'ouverture béante du filet.

Stéphane se retourna et regarda vers le banc, où Sim, son gant de gardien sur les yeux, refusait de regarder de peur que Max lui fasse signe de sauter sur la glace.

— Les défenseurs, vous restez à l'arrière, dit calmement Max. Que ça ne se reproduise plus, compris ?

Tout le monde avait compris. Il n'y aurait plus d'échappées.

Le petit Simon-Pierre Audette reprit l'offensive des Carcajous vers la fin de la période en coupant une passe qui avait franchi la ligne bleue et en s'élançant au centre de la patinoire, un défenseur des Sénateurs sur les talons.

Simon-Pierre attendit jusqu'au dernier moment, puis, au lieu de lancer au but, il envoya glisser la rondelle vers l'arrière entre les jambes de son poursuivant. La rondelle atterrit directement sur le bâton de Mélanie.

La manœuvre prit le gardien des Sénateurs par surprise. Il s'attendait à ce que Simon-Pierre lance du revers et avait laissé le côté du but complètement découvert.

Mélanie décocha un tir solide, qui toucha la cible sous les applaudissements frénétiques provenant de la petite section occupée par les parents des Carcajous.

Au début de la troisième période, la marque était égale, 3 à 3. C'est alors qu'Anou prit les choses en main. Elle commença par préparer le jeu de manière à ce que Stéphane n'ait plus qu'à pousser la rondelle dans le but adverse après une magnifique montée d'un bout à l'autre de la patinoire. Puis elle permit à Dimitri de s'échapper, après quoi il fit sa feinte préférée et marqua sur un tir du revers. Enfin, elle marqua elle-même dans le filet désert des Sénateurs pendant la dernière minute de jeu.

Carcajous 6, Sénateurs 3. Le match avait toutefois été beaucoup plus serré que le laissait croire la marque finale. Les Carcajous avaient gagné, mais ils n'étaient pas vraiment satisfaits de leur performance. Ils avaient mal paru en défense, alors que c'était un des aspects de leur jeu dont ils étaient particulièrement fiers.

— Si on joue comme ça contre Lake Placid, fit remarquer Max dans le vestiaire, on n'a aucune chance.

Max et M. Blackburn étaient allés « espionner » les Olympians de Lake Placid pendant le match qu'ils avaient disputé la veille au soir. C'était une équipe très forte, qui comptait d'excellents patineurs et un fabricant de jeux exceptionnels et qui, d'après ce que Max avait pu constater, offrirait une farouche résistance aux Carcajous.

— Si on joue comme ça encore une fois, répéta Max, on n'a aucune chance.

Personne ne dit mot. Stéphane vit Max parcourir la pièce du regard. Il avait eu l'impression, quand Max avait posé les yeux sur Anne-Marie, qu'il regrettait peut-être l'absence de Germain. Et quand l'entraîneur avait regardé Sim, il s'était probablement demandé s'il ne devrait pas laisser l'équipe profiter de son tir solide plutôt que de lui faire réchauffer le banc dans un uniforme de gardien qu'il savait à peine comment revêtir.

Mais Max pouvait difficilement changer son alignement maintenant. S'il changeait le statut de Sim, Anne-Marie penserait qu'il n'avait pas assez confiance en elle, ce qui la rendrait encore plus nerveuse. Il devait se fier à elle, et il devait aussi laisser Sim là où il était.

— Si l'équipe de Lake Placid gagne ce soir, c'est elle qu'on va affronter en finale, dit enfin Max. Pensez-vous que vous êtes prêts ?

Encore une fois, personne ne répondit. Stéphane, en tant que capitaine, savait qu'il devait dire quelque chose.

— On peut y arriver, dit-il.

— On va gagner, dit Anou.

— C'est bien, fit Max. C'est ce que je voulais entendre.

« Mais est-ce qu'il y croit vraiment ? » se demanda Stéphane.

Et surtout, est-ce que les Carcajous y croyaient ?

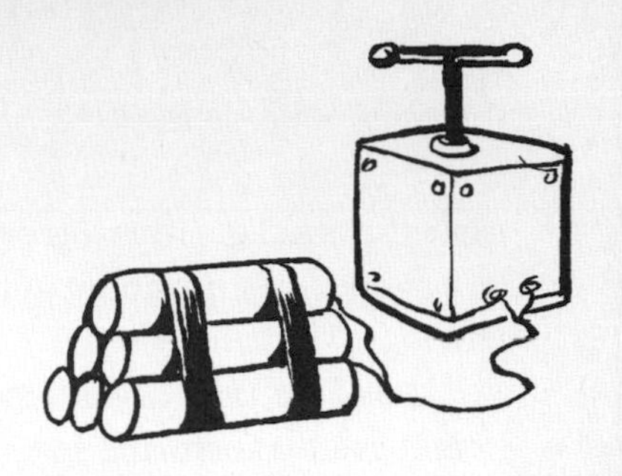

# CHAPITRE 14

Stéphane n'avait jamais vu Sim étudier aussi sérieusement. Tous les matins, quand les Carcajous n'avaient pas de match ni d'entraînement, Sim était avec M. Imoo, soit au temple Zenkoji, soit dans un *dojo* spécial près du Village olympique, où M. Imoo enseignait à plusieurs élèves l'art étrange du « bouclier intérieur » indonésien.

Sim semblait soudain rempli de sagesse. Bien sûr, il n'arrivait pas encore à courber des cuillers. Il ne réussit même pas à convaincre une des épingles à cheveux d'Anou de se déformer un tout petit peu quand il la chatouilla un midi à table. Mais les autres élèves, d'après ce que proclamait Sim, étaient capables de briser des briques et des planches avec leur front.

— Y a un maître en Indonésie, dit-il, qui peut ramasser une balle en plein vol.

— Une balle de revolver ? demanda Aimé-Césaire, incrédule.

Sim fixa Aimé-Césaire comme s'il avait été un

parfait imbécile. Tous les autres regardaient Sim en pensant qu'il inventait sûrement toute cette histoire.

Mais Stéphane devait reconnaître que ce nouvel intérêt avait transformé son meilleur ami. Sim s'appliquait beaucoup plus qu'il ne l'avait jamais fait dans ses cours de sciences, de maths ou d'anglais. M. Imoo semblait le comprendre parfaitement. Il commençait même à faire des blagues sur le fait que Sim empestait le *dojo*.

Sim ne s'en formalisait pas. Il était déterminé à réussir. Avant la fin du voyage, il trouverait son bouclier intérieur.

* * *

Les Carcajous eurent une autre séance d'entraînement au Big Hat avant la fin de semaine du championnat. Max leur proposa toutes sortes d'exercices, en particulier pour faire dévier les rondelles derrière Anne-Marie, à un bout de la patinoire, et Sim, à l'autre bout. Il avait ses raisons.

— L'équipe de Lake Placid s'est rendue facilement en finale, leur annonça-t-il quand ils furent de retour au vestiaire. C'est une excellente équipe. Les joueurs savent comment créer de la congestion devant le but, et comment tirer de la pointe pour permettre à un de leurs coéquipiers de faire dévier la rondelle ou de la faire glisser dans le but. C'est pour ça qu'on a travaillé les mêmes choses nous-mêmes aujourd'hui. Je veux que nos gardiens se sentent à l'aise face à nos adversaires.

Max avait fini de parler, mais on aurait dit qu'il avait encore quelque chose à dire. Il fit le tour de la pièce à grands pas en s'éclaircissant la gorge à quelques reprises. Personne ne disait mot. Même Sim était assis bien tranquille, son masque de gardien encore sur le sommet du crâne.

— M. Blackburn a quelque chose à vous dire, fit Max.

Il alla ouvrir la porte du vestiaire. M. Blackburn entra, l'air soucieux, en se frottant les mains l'une contre l'autre.

— Je viens de rencontrer la police de Nagano, dit M. Blackburn.

— Est-ce qu'il y a du nouveau au sujet des tentatives de cambriolage ? demanda Aimé-Césaire.

— Non, fit M. Blackburn en secouant la tête.

— Alors, y a quelqu'un d'autre qui a mangé du poisson-globe ? poursuivit Aimé-Césaire.

M. Blackburn secoua la tête à nouveau.

— C'est au sujet de l'avalanche, dit-il. La police a des preuves qui lui donnent à penser qu'elle a été déclenchée délibérément. Les détectives ont trouvé des détonateurs en haut de la montagne.

Stéphane releva la tête si brusquement qu'il alla frapper légèrement le mur derrière lui. Des détonateurs ! De la dynamite ! Voilà pourquoi l'avalanche avait commencé dans un tel bruit de tonnerre. C'était une explosion !

— Mais pourquoi ? demanda Aimé-Césaire d'une voix tremblante. Est-ce qu'ils voulaient nous tuer ?

— La police n'en sait rien, dit M. Blackburn. Mais il va falloir être très prudents à partir de maintenant. Les détectives ignorent si les tentatives de cambriolage ont un lien avec l'avalanche — et peut-être même avec l'assassinat du maire —, mais ils ne veulent surtout pas prendre de risques. À partir d'aujourd'hui, on reste toujours ensemble en groupes d'au moins trois, c'est compris ? Et on ne s'éloigne pas du Village olympique et du stade.

M. Blackburn parcourut la pièce des yeux, quêtant l'assentiment de tous les jeunes joueurs. Il avait l'air vraiment désolé. Le voyage au Japon était loin de se dérouler comme prévu !

* * *

Stéphane sursauta. Il n'avait encore jamais entendu le téléphone sonner dans sa chambre. Il était en train de se brosser les dents, et Sim était assis sur son lit, les jambes croisées et les yeux fermés, parfaitement concentré.

Il lui fallut quelques instants pour trouver l'appareil. Il était par terre, à côté du pupitre, caché sous une pile de t-shirts nauséabonds appartenant à Sim.

Il prit le combiné. Que devait-il dire : « allô » ou « *moshi moshi* » ?

— Al-lô ? fit-il d'une voix incertaine.

— Stéphane, c'est toi ?

— Oui... C'est Kling ?

— Oui, c'est moi. Est-ce que Sim est là ?

Stéphane jeta un coup d'œil vers son compagnon de chambre, qui semblait toujours en transe.

— Je pense que oui.

— Parfait. Venez-vous-en. Vite !

Stéphane n'avait aucune idée de ce qui pouvait bien se passer, mais il était clair, simplement au ton de sa voix, que Kling était extrêmement excité.

— Allez, viens, dit Stéphane à Sim. C'était Kling. Il a besoin de nous.

Sim resta parfaitement immobile.

— Hé ! cria Stéphane.

Sim ouvrit les yeux. Il était de retour dans le monde réel.

— Qu'est-ce qui se passe ?

— Kling a besoin de nous. Allons-y !

Pour descendre à l'appartement que Kling occupait au rez-de-chaussée, ils devaient traverser la cour intérieure et la tente dans laquelle les équipes prenaient leurs repas. Ils ramassèrent Anou et Anne-Marie en chemin.

— On est censés rester en groupes de trois ou plus, expliqua Stéphane. Kling a besoin de nous.

La porte n'était pas verrouillée. Les quatre

Carcajous entrèrent à la course dans la chambre de Kling.

Kling était assis dans son fauteuil roulant. Il y avait un petit téléviseur sur son pupitre, à côté d'un minuscule magnétoscope.

— Le commis de la réception m'a envoyé ça pour que je puisse regarder des films, expliqua Kling. Mais je l'ai trafiqué pour voir de quoi notre film a l'air jusqu'ici.

Il avait arrêté la bande à l'endroit où Sim lançait une balle de neige à l'homme aux sourcils.

— T'as regardé s'il y avait des explosifs? demanda Sim. Je parie que c'est lui qui a déclenché l'avalanche.

— C'est bien possible, dit Kling. Mais on voit rien. Regardez.

Kling leur montra les images des deux hommes qui arrivaient dans la Toyota 4X4 et qui déchargeaient la motoneige et le traîneau. Les Carcajous, assis sur des chaises ou perchés au bord du lit de Kling, regardèrent attentivement la scène à plusieurs reprises, mais ils ne remarquèrent rien de particulier. Ils ne pouvaient pas voir ce qu'il y avait dans le traîneau. C'était peut-être de la dynamite, mais cela pouvait tout aussi bien être des couvertures ou des pelles. Il n'y avait absolument rien sur la vidéo pour convaincre la police que l'homme aux sourcils avait déclenché l'avalanche.

— Vous avez rien vu, hein?

— Rien du tout, dit Anou. Mais t'as trouvé quelque chose, hein, Kling ?

Kling la regarda et fit oui de la tête.

On aurait dit qu'il avait peur.

— Regardez bien.

Kling rembobina la bande, puis l'immobilisa et appuya sur le bouton de mise en marche pour voir où il était rendu. C'était la fin du banquet.

— Hé ! annonça Sim. C'est là que l'homme aux sourcils m'a foncé dedans !

— C'est avant ça, dit Kling en appuyant à nouveau sur le bouton de marche arrière.

Quand il eut trouvé le bon endroit, Kling se tourna vers ses quatre amis.

— Je vais vous montrer la scène sans faire de commentaires, dit-il. Vous me direz si vous voyez quelque chose.

Les quatre autres se penchèrent plus près du téléviseur, et Kling remit le magnétoscope en marche.

L'image se précisa. C'était le début du banquet. On voyait les équipes se diriger vers leurs tables, puis les Carcajous en train de s'asseoir.

La caméra balayait ensuite la table d'honneur, juste au moment où Max et les autres y prenaient place.

Sho Fujiwara, le responsable du hockey japonais, tendait le bras vers Max. Il l'attirait vers lui en souriant et lui faisait signe de s'asseoir.

Kling arrêta la bande.

— Vous avez vu quelque chose? demanda-t-il.

— Max et Sho, dit Anne-Marie. Ils étaient assis ensemble, vous vous rappelez?

— Et alors? demanda Sim. J'ai rien vu.

— Je vais vous remontrer la scène, dit Kling.

Il rembobina de nouveau la bande, et l'appareil se remit en marche avec un déclic juste au bon endroit.

Sho Fujiwara était debout à côté de la table. Il apercevait Max et l'appelait. On aurait dit de vieux amis contents de se retrouver. Il était logique qu'ils soient assis côte à côte.

Pendant que Max montait sur la plate-forme de la table d'honneur pour se diriger vers son nouvel ami, Sho changeait discrètement les petits cartons indiquant qui devait s'asseoir où.

Kling arrêta l'appareil.

— Vous avez vu? demanda-t-il.

— Il a changé le plan de table pour que Max puisse s'asseoir à côté de lui, fit Stéphane. Y a rien là.

— Où veux-tu en venir? demanda Anou.

— Surveillez bien, dit Kling. On peut lire les noms écrits sur les cartons quand on regarde attentivement.

Il repassa la scène. Sho qui appelait Max. Sho qui changeait les cartons.

Il arrêta l'appareil.

— Le maire n'était pas assis à la place prévue.

Il repassa la scène encore une fois.

Mais oui! Pour que Max puisse s'asseoir à côté de

lui, Sho avait modifié les places des convives autour de la table d'honneur. Max s'était retrouvé à ses côtés, et M. Ikura avait laissé sa place au maire.

— Le poisson-globe n'était pas destiné au maire, dit Kling. C'est M. Ikura que le meurtrier voulait tuer.

Ils restèrent quelques instants silencieux à fixer l'écran immobile. Les images se bousculaient dans leur tête.

Kling avait raison. Si Sho n'avait pas modifié les places, le maire aurait été assis un siège plus loin.

Quelqu'un avait dû apporter le poisson-globe à une place désignée d'avance à la table d'honneur, la place à laquelle M. Ikura devait s'asseoir.

Le serveur ? C'était pour cela qu'il courait ? Parce qu'il avait constaté son erreur trop tard ?

Et c'était pour cela que l'homme aux sourcils manigançait quelque chose à la station de ski ?

— On ferait mieux d'apporter la cassette à M. Blackburn, dit Anou. Il va vouloir que la police voie ça.

# Chapitre 15

Les policiers arrivèrent moins de cinq minutes après avoir reçu l'appel de M. Blackburn. Ils avaient amené des interprètes et s'étaient même munis d'un magnétoscope de haute précision, capable d'isoler les images filmées pour en faire des photos parfaitement claires et nettes. Stéphane n'en revenait pas de leur efficacité.

Sim vivait son heure de gloire, s'inclinant à gauche et à droite devant tous les Japonais qui semblaient liés de près ou de loin à l'enquête. On aurait dit qu'il avait résolu le crime à lui tout seul — même si, jusqu'ici, aucun crime n'avait encore été résolu…

Les policiers interrogèrent Max au sujet du changement de places à la table d'honneur. Ils convoquèrent Sho Fujiwara et l'interrogèrent séparément, avant de s'entretenir avec Sho et Max ensemble. Ils interrogèrent Kling seul, Stéphane seul, Sim seul, Anou seule, et leur parlèrent ensuite en groupe. Ils emmenèrent Sim dans une fourgonnette spéciale des services d'enquête stationnée devant le Village olympique et l'invitèrent à examiner les visages des suspects possibles sur un écran d'ordinateur. Il proclama ensuite qu'il avait reconnu l'homme aux sourcils en quelques minutes.

Les enquêteurs ramassèrent leur matériel et s'en allèrent sans préciser ce qu'ils avaient l'intention de faire. Pas un mot sur la suite des événements. Rien.

Six heures plus tard, ils étaient de retour… avec toute l'histoire.

Celui que les Carcajous avaient baptisé « l'homme aux sourcils » — « et qui a été identifié grâce à moi », se vantait Sim — était un *yakuza* bien connu, un gangster japonais. « Le mot *yakuza* signifie "bon à rien" », avait expliqué Sho Fujiwara, qui était revenu pour la rencontre avec la police. « Nous avons des gens peu recommandables ici aussi, vous savez. »

L'homme aux sourcils avait été embauché pour assassiner non pas le maire de Nagano, mais M. Ikura, le propriétaire du centre de ski. Apparemment, c'est lui qui avait eu l'idée d'empoisonner M. Ikura avec du poisson-globe, mais il avait très mal fait son travail — en se déguisant en serveur et en apportant le poisson empoisonné à la mauvaise personne, à la table d'honneur — et il avait ensuite tenté de se racheter.

C'est alors qu'il avait imaginé de déclencher une avalanche. Il avait eu peur que les bandits qui l'avaient embauché veuillent maintenant le tuer, lui, parce qu'il avait raté sa cible. Il avait donc essayé de faire peur à M. Ikura pour qu'il vende son centre de ski.

Il avait commis là une erreur monumentale, qui avait aidé considérablement la police à élucider l'affaire. M. Ikura avait subi d'énormes pressions pour vendre sa station à une grosse compagnie, mais il avait refusé. La compagnie voulait transformer le site des compétitions olympiques de ski et de planche à neige en complexe touristique international comprenant un vaste projet résidentiel réservé à des clients très riches, ce qui aurait rendu l'endroit inaccessible aux gens comme les Carcajous et les habitants de Nagano. M. Ikura aurait pu faire des millions en vendant, mais il avait préféré s'abstenir.

Apparemment, ses interlocuteurs n'étaient pas le genre de personnes auxquelles il faisait bon résister. Comme ils n'arrivaient pas à le convaincre de vendre, ils avaient chargé l'homme aux sourcils de le tuer en croyant que ses héritiers accepteraient rapidement la transaction.

Si le décès de M. Ikura paraissait accidentel, personne ne ferait jamais le lien avec la vente. L'homme aux sourcils avait eu l'idée du poisson-globe pour faire croire à une crise cardiaque. Mais en tuant par erreur le maire de Nagano, il avait éveillé les soupçons de la police. Le décès soudain d'un homme politique connu devait faire l'objet d'une enquête, et la police avait ordonné l'autopsie qui avait révélé les traces de poisson-globe.

Cette découverte n'avait toutefois pas suffi pour éveiller les soupçons de la police au sujet de la grosse compagnie et de ses intentions quant au centre de ski de M. Ikura. Ce n'est qu'après l'avalanche que les pièces du casse-tête s'étaient enfin mises en place. Premièrement, ce n'était pas la saison des avalanches, et les enquêteurs avaient trouvé des détonateurs non loin du point de départ présumé du cataclysme en cherchant les causes de ce phénomène inhabituel.

Le dernier indice — celui qui avait permis de percer le mystère — était la vidéo de Kling. Elle montrait non seulement que l'homme aux sourcils était présent à la fois au banquet et au centre de ski — sans qu'il soit possible de prouver qu'il avait fait quoi que ce soit de répréhensible, avait précisé la police —, mais aussi que les places avaient été changées à la table d'honneur.

Les enquêteurs en avaient déduit que la victime devait être M. Ikura et, en sachant d'autre part que l'avalanche était délibérée, ils s'étaient rapidement fait une assez bonne idée de ce qui s'était passé.

La vidéo de Kling avait également aidé la police à retracer le complice de l'homme aux sourcils. L'homme qui l'avait aidé à décharger la motoneige et le traîneau de la Toyota 4X4 avait craqué presque immédiatement. Il ne savait même pas ce que l'homme aux sourcils avait placé dans le traîneau et, en comprenant qu'il était impliqué dans une affaire de meurtre, il avait déballé tout ce qu'il savait, y compris l'endroit où se trouvait son comparse.

— Il est en prison à l'heure qu'il est, dit Sho aux Carcajous. Et il va probablement y rester jusqu'à la fin de ses jours.

— La ville de Nagano — comme le Japon tout entier, d'ailleurs — vous est extrêmement reconnaissante, monsieur Kling. Merci à vous et à vos amis.

Kling était devenu un héros. Les journaux publièrent des articles sur lui, et des reporters de la télévision vinrent l'interviewer.

— C'est moi qui ai identifié le gars, déclara Sim à chacun des reporters qui se présentèrent au Village olympique avec leur équipe de tournage.

Mais personne ne s'intéressait à Sim. C'est le joueur de hockey en fauteuil roulant — le maître détective, le petit Sherlock Holmes canadien — qui faisait la manchette au Japon. Après Anne des Pignons Verts, il fut pendant quelques jours le jeune Canadien préféré des Japonais.

— Mais c'est moi qui ai identifié le gars, répétait Sim à qui voulait l'entendre.

# Chapitre 16

Anou était arrivée la première dans le vestiaire du Big Hat. Quand Stéphane entra, il constata immédiatement qu'elle était gonflée à bloc pour le match de championnat contre les Olympians de Lake Placid, les yeux brillants comme des étincelles.

— Y en a un pour chacun de vous, avait-elle dit à ses coéquipiers à leur arrivée en leur tendant un petit sac de plastique.

— Cachez-les jusqu'à ce que je vous donne mon signal.

Sim, comme toujours, arriva bon dernier, moitié traînant, moitié poussant son sac de hockey, avec quelques coups de pied pour accélérer les choses… Il laissa tomber ses bâtons contre le mur, par-dessus ceux que ses coéquipiers y avaient soigneusement alignés, et envoya le tout par terre comme un jeu de dominos.

Aucun des Carcajous ne protesta. Sim regarda autour de lui, apparemment déçu que personne ne l'ait remarqué.

Il avait à la main une canette de « Sueur » ouverte et en prit une longue gorgée avant de s'asseoir en poussant un rot sonore.

Même les yeux fermés, se dit Stéphane, on savait immanquablement quand Sim arrivait au vestiaire. Les bâtons qui allaient s'écraser par terre. Le sac qui glissait à coups de pied sur le plancher. Le rot. Le long glissement nonchalant de la fermeture éclair du sac d'équipement, et l'épouvantable odeur de sueur qui s'en échappait. Les autres Carcajous avaient renoncé à lui demander de laver son équipement.

— La sueur me porte chance, disait-il. Plus ça pue, mieux ça joue.

Sim enleva son manteau et sa chemise, se leva, rota de nouveau et se dirigea vers l'extrémité du vestiaire, où il claqua la porte des toilettes. Cela faisait également partie de son rituel, aussi assurément que le ruban neuf sur les bâtons ou la rondelle tombant sur la glace.

— Maintenant ! souffla Anou.

Tous les joueurs plongèrent la main dans les petits sacs qu'elle leur avait distribués. Certains se mirent à ricaner en apercevant ce qu'Anou leur avait apporté. Ils devaient faire vite.

On entendit le bruit de la chasse d'eau, puis le soupir de satisfaction exagéré que Sim poussait toujours en pareille circonstance.

La porte s'ouvrit toute grande sur Sim qui levait le poing dans les airs… et qui écarquilla les yeux en voyant ses coéquipiers.

Anou leur avait distribué des masques comme ceux que les Japonais portaient pour se protéger de la pollution. Ils les avaient tous enfilés, assis chacun à sa place, et fixaient Sim par-dessus la gaze blanche qui leur couvrait le nez et la bouche.

— Qu'est-ce que c'est censé vouloir dire, exactement ? demanda Sim.

— Réfléchis un peu, dit Anou, la voix étouffée.

Max arriva en poussant Kling. Kling se mit à rire en voyant les masques, mais Max ne dit rien. Rien ne semblait le surprendre, se dit Stéphane. Même pas Sim.

M. Blackburn arriva ensuite et regarda les joueurs masqués d'un air étonné, mais il ne dit rien lui non plus. Il s'affaira à remplir les bouteilles d'eau, à préparer le ruban et à vérifier qu'il y avait suffisamment de rondelles pour l'échauffement.

Anou retira son masque et les autres l'imitèrent. Max attendit que tout le monde soit prêt, concentré sur le match à venir.

— Le stade est plein, dit Max. La ville entière est venue acclamer Kling — du moins, c'est ce que je pense —, mais les spectateurs ont droit aussi à du bon hockey nord-américain. Pour que le hockey devienne populaire au Japon, il faut que les gens puissent voir à quel point c'est un sport enlevant.

— Je veux un beau match, un match propre, ajouta-t-il. Je veux que les gens qui sont venus nous voir sachent à quel point nous apprécions leur présence.

La porte s'ouvrit à nouveau, et on vit apparaître la tête de M. Imoo. Il avait le sourire fendu jusqu'aux oreilles, l'espace laissé par ses dents manquantes correspondant presque exactement à la largeur d'une rondelle.

— Y a du monde aujourd'hui, mes amis, dit-il.

M. Imoo se tourna ensuite vers son élève préféré, Sim, qui souriait fièrement.

— Sim, dit-il, je pense que tu es prêt.

Stéphane regarda Max, qui leva un sourcil interrogateur. Il se demanda à quoi pensait son entraîneur. Croyait-il que M. Imoo jugeait Sim « prêt » à garder le filet ? C'était peu probable, en tout cas pas contre les Olympians de Lake Placid.

Il se tourna vers son coéquipier, qui semblait rayonner d'un calme nouveau. Ce n'était plus le Sim qui cherchait toujours désespérément à attirer l'attention. C'était un nouveau Sim, rempli d'aplomb et d'assurance.

Stéphane ne put s'empêcher de regretter que Sim ait été nommé gardien substitut. Ils auraient eu besoin de lui à la défense et, de toute façon, Sim ne leur serait guère plus utile debout devant son filet qu'assis au bout du banc.

Mais il savait que les Carcajous n'avaient pas le choix. Les règles du tournoi étaient claires : ils devaient avoir un deuxième gardien. Si seulement Germain avait pu venir… Il espérait qu'Anne-Marie connaîtrait un bon match.

— Ça va ? demanda Max en regardant Stéphane.

Stéphane comprit le signal. En tant que capitaine, c'était à lui de mener son équipe sur la patinoire.

— On y va ! rugit Stéphane en bondissant sur ses pieds et en s'enfonçant le casque sur la tête.

— Carcajous ! appela Anou en se levant à son tour.

— On va gagner ! cria Lars.

— Carcajous !

— Carcajous !

— Carcajous !

# Chapitre 17

Stéphane n'avait jamais participé à un match comme celui-là !

Il avait déjà joué devant des foules nombreuses — bien plus nombreuses que celle qui remplissait le Big Hat ce jour-là —, mais jamais devant des spectateurs qui applaudissaient chaque fois qu'il se passait quelque chose.

Les applaudissements avaient été particulièrement nourris lorsque la foule avait vu Kling arriver sur la patinoire, poussé par M. Blackburn. Kling avait eu droit à une longue ovation. Il avait agité la main en souriant, même s'il aurait sans doute préféré être ailleurs, mais Stéphane savait ce que cet accueil signifiait pour son ami. Les Japonais voulaient le remercier pour ce qu'il avait fait.

Stéphane avait déjà entendu des foules crier de joie et huer les joueurs, mais il n'en avait jamais vu qui ne semblaient avoir absolument rien à redire au jeu. Les spectateurs n'avaient pas de favoris. Ils n'avaient pas hué une seule fois l'arbitre ou les juges de lignes. Ils applaudissaient tout autant les buts que les arrêts. Ils applaudissaient le hockey, tout simplement, se dit Stéphane.

Et c'était du très beau hockey. Les Carcajous et les Olympians de Lake Placid étaient à peu près d'égale force. Anne-Marie faisait des merveilles devant le filet des Carcajous, mais le petit gardien des Olympians aussi. Il avait réussi d'extraordinaires arrêts de la mitaine, privant Dimitri de deux buts sur des échappées. L'avant des Carcajous avait essayé par deux fois son revers spécial qui envoyait presque toujours voler dans les airs la bouteille que le gardien adverse avait posée sur son filet — et qui donnait à peu près immanquablement un but aux Carcajous. Mais pas cette fois…

Max alignait ses trios en fonction de ceux que l'entraîneur de Lake Placid envoyait sur la glace, et il semblait s'amuser autant que tous les autres. M. Blackburn s'occupait de la porte des défenseurs et Kling, de celle des avants. Chaque fois qu'il entrait au banc et qu'il en sortait, Stéphane sentait son ami lui donner une petite tape sur le bras.

Le trio d'Anou était opposé au premier trio des Olympians : Anou la stratège face au meilleur fabricant de jeux de Lake Placid, un grand garçon dégingandé qui avait une portée tellement grande que personne ne semblait capable de lui enlever la rondelle. Il était aussi flanqué de deux bons ailiers, ce qui obligeait Stéphane à se préoccuper bien davantage de la défense que de l'attaque.

Max leur avait demandé d'empêcher l'excellent trio de marquer. C'était logique : quand elle le voulait, Anou était de loin la plus efficace de l'équipe pour le jeu défensif. Et quand l'entraîneur lui confiait ce rôle, elle semblait aussi contente d'intercepter les passes de l'équipe adverse que de marquer elle-même des buts.

Les Carcajous marquèrent le premier point lorsque le trio de Normand put profiter d'une chance à la ligne bleue. La rondelle fit un bond capricieux au moment où un défenseur des Olympians allait exécuter un tir de la pointe; elle rebondit par-dessus son bâton et se retrouva au centre de la patinoire. Normand, grâce à sa longue foulée, devança les deux défenseurs et s'élança tout fin seul. Le gardien de Lake Placid fit un magnifique arrêt contre Normand, en serrant les jambières tandis qu'il essayait de l'attirer hors de son filet pour lancer de l'autre côté, mais le retour arriva en plein sur le bâton du petit Simon-Pierre Audette, qui se retrouva devant un but complètement désert.

Deux minutes plus tard, la marque était égalisée. Le grand centre de Lake Placid avait traversé la patinoire d'un bout à l'autre, semant Anou en tournoyant à sa propre ligne bleue et faisant une feinte brillante devant Jean-Louis en s'échappant. Il avait envoyé la rondelle par la voie des airs d'un côté de Jean-Louis pendant qu'il le contournait de l'autre côté, ramassant sa propre passe pour s'avancer, parfaitement seul, jusqu'au but d'Anne-Marie. Deux belles feintes, et Anne-Marie était étendue hors position, la rondelle au fond du filet.

Entre la première et la deuxième période, Max demanda à Anou de se montrer plus agressive.

— Tu prends ta mission défensive trop au sérieux, lui dit-il. Si c'est toi qui as la rondelle, il ne peut pas l'avoir.

Anou savait ce que l'entraîneur voulait dire. Max envoya son trio pour la mise au jeu de la deuxième période. Anou ramassa la rondelle dans les airs avant même qu'elle ne touche la glace et la passa par derrière à Jean-Louis.

Dimitri se précipita vers la ligne bleue opposée en coupant au centre.

Jean-Louis lui fit une passe parfaite. Dimitri ramassa la rondelle et la renvoya à son tour par derrière, entre ses jambes, à Stéphane qui s'en empara en traversant la ligne bleue.

Anou frappa la glace de son bâton. Stéphane n'eut même pas besoin de regarder. Il envoya la rondelle dans l'espace vide, sachant que sa coéquipière serait là au bon moment. Et, une seconde plus tard, elle y était !

Anou était complètement libre. Le gardien commença à reculer, anticipant une feinte, mais elle lança presque tout de suite, déjouant complètement le gardien et trouvant le fond du filet juste au-dessus de son épaule gauche.

— J'aime mieux ça ! dit Max quand Anou et Stéphane furent de retour au banc.

Il posa une main sur la nuque de chacun de ses deux joueurs pendant qu'ils reprenaient leur souffle. C'était une marque d'appréciation que Stéphane aimait particulièrement. L'entraîneur faisait probablement ce geste sans même y penser, mais cela voulait tout dire.

Normand marqua ensuite sur un beau jeu de Simon-Pierre, qui lui envoya une passe parfaite au moment même où il tombait avec la rondelle. Normand choisit de lancer du revers et trouva une mince ouverture entre les jambières de l'excellent petit gardien.

Vers le milieu de la troisième période, les Olympians intensifièrent la pression.

Le grand centre arriva à la ligne rouge et contourna Anou, qui plongea derrière lui et le fit trébucher accidentellement avec son bâton.

L'arbitre siffla.

Stéphane frémit intérieurement. Les Carcajous ne pouvaient pas se permettre de perdre leur meilleur joueur en ce moment. Mais Anou était envoyée au banc des punitions. L'arbitre signala au chronométreur qu'elle avait fait trébucher son adversaire, la porte du banc s'ouvrit et Anou, fort mécontente d'elle-même, s'y engouffra après avoir donné un petit coup bien senti sur la bande avec son bâton.

La foule applaudit poliment, et Stéphane se mit à rire. C'était plus fort que lui !

Les Olympians n'eurent besoin que d'un lancer pour profiter de leur avantage numérique. Il arriva de la ligne bleue. Anne-Marie avait calculé son déplacement parfaitement, mais au tout dernier moment, le grand centre de l'équipe adverse tendit son bâton juste assez pour faire dévier la rondelle, qui changea de direction et passa par-dessus la jambière d'Anne-Marie.

Carcajous 3, Olympians 2.

L'équipe de Lake Placid intensifia encore la pression. Stéphane se demanda si les Carcajous réussiraient à les contenir. Si seulement Sim était sur la glace… Si seulement il n'était pas assis là, au bout du banc, dans son équipement de gardien…

La stratégie des Olympians consistait à monter au filet dans l'espoir de réussir des tirs de la ligne bleue comme celui qui leur avait permis de marquer en avantage numérique. Quand un défenseur lançait, les avants essayaient de former un écran devant Anne-Marie pour faire dévier son tir ou permettre à la rondelle de glisser dans le but sans qu'elle la voie venir.

Le jeu devenait de plus en plus robuste, mais l'arbitre ne donnait pas d'autres punitions.

Le défenseur droit était en possession de la rondelle. Stéphane plongea pour tenter de bloquer son lancer, fermant les yeux instinctivement en touchant la glace.

Il attendit le choc de la rondelle… mais il ne se

passa rien. Quand il ouvrit les yeux, il vit le défenseur qui le contournait habilement pour s'approcher du but.

Le défenseur décocha un formidable lancer frappé. Anne-Marie étira le bras et saisit la rondelle dans sa mitaine.

C'est alors que le grand centre arriva sur elle.

Ils se frappèrent, et Anne-Marie, moins lourde, tomba à la renverse. Elle glissa vers le coin de la patinoire, suivie du joueur adverse, qui s'effondra sur elle et la coinça contre la bande.

L'arbitre siffla.

M. Blackburn avait déjà bondi par-dessus la bande et courait en glissant sur la glace, une serviette à la main.

Anne-Marie gémissait. Elle bougeait les jambes, mais restait étendue sur le dos, le souffle coupé.

— Y a pas de pénalité ? demanda-t-elle à l'arbitre.

L'arbitre fit signe que non.

— C'est votre propre joueur qui a poussé l'autre sur elle, dit-il.

L'arbitre montra Jean-Louis du doigt. Jean-Louis ne protesta pas. C'était vrai. Il avait voulu pousser le grand joueur adverse en dehors de la zone du but et lui avait donné un coup d'épaule juste au moment où Anne-Marie réussissait son arrêt spectaculaire.

Stéphane patina jusqu'à Anne-Marie. Il était épuisé et avait du mal à respirer. Il savait que, pour une fois, il était en sueur.

M. Blackburn se pencha sur Anne-Marie.

Il leva les yeux et capta le regard de l'arbitre.

— Elle a le souffle coupé, dit-il. Mais elle s'est aussi fait mal au bras.

— Il va falloir la remplacer pour terminer le match, dit l'arbitre.

M. Blackburn tiqua.

Stéphane tiqua.

Si Anne-Marie ne pouvait plus jouer, cela ne pouvait vouloir dire qu'une chose.

Sim allait se retrouver devant le but !

Anne-Marie s'était relevée et se tenait précautionneusement le bras. Elle avait les joues ruisselantes de larmes, mais Stéphane n'aurait pas su dire si c'était à cause de la douleur ou parce qu'elle ne pouvait pas finir le match.

Le grand centre arriva à côté d'elle et donna un petit coup de bâton sur ses jambières.

— Je suis désolé, dit-il. T'as très bien joué.

Anne-Marie lui sourit à travers ses larmes. Stéphane comprenait ce que cela voulait dire pour elle : c'était le meilleur joueur auquel elle ait jamais eu à faire face, et il lui manifestait son admiration ! Stéphane était impressionné. C'était très bien de la part du grand joueur des Olympians.

— Je suis prêt, annonça Sim.

Max ne semblait pas convaincu. Mais il n'avait pas le choix. Il regarda longuement son nouveau gardien, debout devant le banc, le masque sur le sommet du crâne, en train de s'asperger le visage d'eau.

— Fais ton possible, fit Max. Et ne t'inquiète pas.

Mais Sim était gonflé à bloc. Il s'aspergea à nouveau, cracha une gorgée d'eau, abattit son masque tel un pilote de chasse prêt à décoller, bondit par-dessus la ligne rouge, puis par-dessus la ligne bleue, patina jusqu'à M. Imoo, qui applaudissait, donna un bon coup de bâton sur la baie vitrée, se retourna et se dirigea vers son filet.

Après une petite conversation avec ses poteaux, il était prêt.

Sim, le gardien *samurai* !

« C'est foutu », se dit Stéphane. Ils avaient déjà du mal à contenir les joueurs de Lake Placid avec Anne-Marie au mieux de sa forme. Comment pourraient-ils y arriver maintenant, avec Sim devant le filet ? Sim ne connaissait absolument rien à la technique de gardien de but…

— Allons-y, qu'on en finisse au plus vite, marmonna Anou. Et espérons qu'on n'aura pas l'air trop bêtes.

Les joueurs de Lake Placid semblèrent tirer une nouvelle énergie de la présence de Sim devant le but. Parce qu'ils étaient impressionnés par ses pirouettes ou parce qu'ils savaient à quel point il était pourri ? Stéphane l'ignorait. Mais les Olympians paraissaient tout à coup encore plus forts.

Anou avait toutefois sa petite idée en tête. Si

l'équipe de Lake Placid marquait, ce ne serait pas grâce au grand centre. Elle commença à jouer aussi furieusement que son adversaire, le suivant comme son ombre, soulevant son bâton lorsqu'il cherchait à saisir les passes et se mettant en travers de son chemin chaque fois qu'il essayait de s'échapper.

Mais en vain. Les Olympians égalisèrent la marque dès leur premier tir, un long tir bondissant lancé du centre de la glace, qui rebondit curieusement et passa entre les patins de Sim.

— Oh, non ! fit Anou, qui était rentrée au banc.

— Ça va être laid, dit Stéphane.

Au tour suivant, un des rapides ailiers de Lake Placid réussit une échappée, et le grand centre lui fit une passe parfaite directement sur son bâton.

Mais Sim prit l'ailier par surprise en sortant pour bloquer son lancer comme l'aurait fait un défenseur plutôt que de l'attendre devant son but, et la rondelle alla rebondir plus loin sans conséquences graves pour les Carcajous.

— C'est beau, Sim, cria Stéphane en retournant sur la patinoire.

Sim sembla trouver son style pendant les quelques minutes qui suivirent. Ce n'était pas joli — et cela ne ressemblait à rien qu'on ait déjà vu —, mais c'était efficace. Il lançait des coups de pied, faisait dos au jeu ou s'élançait, tête première, au devant des lancers.

Et il ne laissait rien passer.

— Cet idiot-là donne tout ce qu'il a ! fit remarquer Anou lorsque son trio revint au banc pour se reposer.

— En effet, fit Stéphane.

— On lui doit un but pour tout ça, tu sais.

— Je sais.

De retour sur la patinoire, Anou se précipita pour aller ramasser la rondelle à côté de Sim. Il était étendu de tout son long sur le dos, comme s'il était en train de faire des anges dans la neige plutôt que de garder un but de hockey, et il lui lança un encouragement lorsqu'elle s'empara de la rondelle pour sortir de la zone dangereuse.

— Vas-y, Anou !

Anou et Dimitri s'échangèrent rapidement la rondelle, qui finit par atterrir sur le bâton d'Anou juste au moment où celle-ci franchissait la ligne bleue pour entrer dans la zone de Lake Placid. Anou passa à côté du défenseur et pivota tellement sec dans le coin que l'autre défenseur perdit pied et alla s'écraser contre la bande.

Stéphane avait abaissé son bâton sur la glace avant même de savoir ce qu'il allait faire. On aurait dit que son bâton décidait tout seul. Il reposait bien à plat sur la glace, aux pieds de Stéphane, et la passe solide décochée par Anou l'atteignit avec précision, tel un faisceau laser jaillissant du coin de la patinoire.

Stéphane n'eut même pas à lancer. La rondelle rebondit sur son bâton et s'envola directement vers l'ouverture béante laissée sur le côté du but par le gardien de Lake Placid.

Stéphane avait déjà été au centre d'une bousculade, mais jamais comme celle-ci.

Il sentit ses coéquipiers s'empiler sur lui, un par un, puis l'énorme poids du gardien de but *samurai,* qui avait franchi toute la longueur de la patinoire pour se joindre à l'amoncellement de joueurs.

— On a réussi ! On a réussi ! On a réussi ! criait Sim.

— On n'a encore rien fait, corrigea Anou. Il reste encore cinq minutes au match.

— T'inquiète pas, répliqua Sim. Tout est sous contrôle.

Il semblait bien que oui. Le match reprit, les Carcajous menant 4 à 3, et Sim bloqua tout ce que les Olympians lui envoyèrent.

Une minute et demie avant la fin du match, la mise au jeu ayant lieu dans la zone des Carcajous, l'équipe de Lake Placid retira son gardien.

— Le trio d'Anou, ordonna Max. Et pas de folies, hein ? On protège notre avance, c'est compris ?

Ils avaient compris. Ce n'était pas le temps de chercher à marquer un but spectaculaire dans un filet désert. Si cela arrivait, tant mieux, mais leur première tâche était de protéger Sim et de conserver leur avance.

Anou poussa la rondelle devant elle, juste assez loin pour éviter le dégagement refusé. Stéphane et

Dimitri partirent à sa poursuite, obligeant deux fois les défenseurs à reculer.

Ils tuaient le temps. Tant que les Olympians ne pouvaient pas monter au filet, peu importait qu'ils gardent possession de la rondelle.

Le grand centre pivota vers l'arrière et ramassa la rondelle que lui avait laissée son défenseur.

Il s'élança vers le but.

Stéphane fut le premier à le rejoindre et tenta stupidement de le harponner. Le grand joueur adverse fit tournoyer rapidement son bâton et dépassa facilement Stéphane, s'éloignant du même coup de Dimitri.

Mais Anou ne le lâcha pas, le long de la bande et jusque dans le coin de la patinoire, où il s'immobilisa avec la rondelle.

Dix secondes à faire !

Comme Anou s'approchait, il envoya la rondelle par derrière le long de la bande, contourna son adversaire et ramassa sa propre passe. C'était une manœuvre digne d'Anou elle-même !

Il contourna le filet et Sim essaya — bien à tort — de repousser la rondelle avec son bâton lorsque l'assaillant passa du côté qu'il avait laissé ouvert.

Mais Sim lâcha son bâton, qui glissa jusque dans le coin de la patinoire !

Le grand centre fit une passe vers la ligne bleue et monta à toute vitesse au filet.

Le joueur de pointe prit un tir solide, que Sim arrêta avec son patin.

Jean-Louis et Anou frappèrent le grand joueur exactement en même temps et l'envoyèrent heurter Sim, qui tomba de tout son long.

En envoyant glisser sa mitaine jusqu'à l'autre coin !

Encore trois secondes à faire…

Sim n'avait plus de bâton ni de mitaine.

Et le défenseur amorçait un second lancer !

Stéphane n'avait jamais vu Sim bouger aussi vite. En un éclair, il fut debout sur ses patins, penché vers l'avant pour attendre la rondelle.

Le défenseur la lança de toutes ses forces par la voie des airs. Anou plongea, mais la rondelle lui échappa et s'envola vers le coin supérieur du filet.

Et Sim l'arrêta en plein vol, à main nue !

L'arbitre siffla la fin du match.

Les Carcajous avaient gagné le championnat des Olympiques junior !

* * *

Stéphane ne put se rappeler que quelques bribes de ce qui s'était passé par la suite.

Les Carcajous — Max, M. Blackburn et Kling y compris — avaient instantanément envahi la patinoire pour aller féliciter Sim, qui était demeuré assis sans bouger devant son filet, tenant la rondelle au-dessus de sa tête comme s'il venait de la sortir de son oreille par quelque tour de passe-passe.

Tous ses coéquipiers s'empilèrent sur lui.

Les portes, à l'autre bout du Big Hat, s'ouvrirent bientôt sur une délégation officielle menée par Sho Fujiwara. Les dignitaires étaient suivis d'une longue file de femmes vêtues de magnifiques costumes traditionnels et portant chacune un coussin sur lequel était posée une médaille.

On entendit le *Ô Canada*, et le drapeau canadien fut hissé sur un immense mât.

La foule était en délire.

Après l'hymne national, les Olympians de Lake Placid se mirent en ligne pour serrer la main des Carcajous.

Anne-Marie avait le bras droit en écharpe. Quand elle arriva à la hauteur du grand centre de l'autre équipe, il laissa tomber son bâton et ses gants pour la prendre dans ses bras... au grand plaisir des photographes qui étaient descendus en masse sur la patinoire.

Sim s'était dirigé vers la porte de la Zamboni pour aller chercher M. Imoo qui, son sourire édenté encore plus évident que d'habitude, ses pieds bottés glissant sur la glace, se hâtait de se joindre aux célébrations avec son élève vedette.

Sim prit la rondelle qu'il avait arrêtée — il allait prétendre plus tard qu'il avait réussi « le plus bel arrêt de l'histoire du hockey international » — et la remit à M. Imoo, qui sembla très honoré.

— Je l'ai attrapée avec mon bouclier intérieur, expliqua-t-il.

Stéphane, le capitaine des Carcajous, faisait maintenant face au grand centre des Olympians, qui était également capitaine de son équipe.

Stéphane leva les yeux vers lui. Le grand joueur souriait. On aurait dit que c'était lui, le vainqueur.

— Beau match, dit le joueur de Lake Placid.

— Peut-être le meilleur de notre vie, dit Stéphane.

Ils se serrèrent la main.

— As-tu déjà vu une foule comme celle-là ? demanda le grand capitaine.

— Jamais.

— On devrait faire quelque chose pour eux.

Il ne leur fallut qu'une seconde pour décider ce qu'ils allaient faire.

Ils attendirent que les médailles aient été distribuées. Stéphane eut un frisson en sentant la médaille d'or autour de son cou et regarda ensuite la remise des médailles d'argent à l'équipe de Lake Placid.

Puis, sur un signal du grand capitaine des Olympians, Stéphane invita tous ses coéquipiers à l'accompagner au centre de la patinoire.

Il alla ensuite chercher Max, qui s'amena à son tour à contrecœur. M. Blackburn poussait le fauteuil de Kling.

Le grand capitaine rassembla lui aussi tous les joueurs et les entraîneurs de son équipe.

Et enfin, ils se tournèrent tous ensemble, d'abord

d'un côté du stade, puis de l'autre, puis vers chacune des extrémités, pendant que les spectateurs, debout, applaudissaient toujours.

Et ils s'inclinèrent.

*Arigato.*

Merci au Japon.